青春是一场伟大的失败

〔美〕

Walt Whitman

江苏凤凰文艺出版社
JIANGSU PHOENIX LITERATURE AND ART PUBLISHING, LTD

图书在版编目（CIP）数据

青春是一场伟大的失败 /（美）惠特曼（Walt Whitman）著；韦宇译. — 南京：江苏凤凰文艺出版社，2018.1
（世界大师散文坊）
ISBN 978-7-5399-9425-3

Ⅰ. ①青… Ⅱ. ①惠… ②韦… Ⅲ. ①散文集—美国—近代 Ⅳ. ①I712.64

中国版本图书馆 CIP 数据核字(2017)第 046248 号

书　　名	青春是一场伟大的失败
著　　者	（美）惠特曼
译　　者	韦　宇
责任编辑	汪　旭　汪玉琪
实习编辑	袁鑫成
出版发行	江苏凤凰文艺出版社
出版社地址	南京市中央路 165 号，邮编：210009
出版社网址	http://www.jswenyi.com
印　　刷	江苏凤凰新华印务有限公司
开　　本	880×1230 毫米 1/32
印　　张	7.625
字　　数	190 千字
版　　次	2018 年 1 月第 1 版　2018 年 1 月第 1 次印刷
标准书号	ISBN 978-7-5399-9425-3
定　　价	39.00 元

目录

目录

目录

目录

一个愉快的决定

今天是1882年7月2日。我来到丛林里，心想：既然决定要去做这件事，就不能再耽误了。这些年，我断断续续、零零碎碎地写了不少日记，有从1862年到1865年期间的战争笔记，也有从1877年到1881年期间对大自然感悟的随笔，还有之后去西方其他国家及加拿大时写下的游记等等。这些日记被麻绳捆扎着，放在一边。今天，就在此刻，我突然下定决心，要做一件事情。啊，今天是什么日子！此刻是什么时刻！芳草清香，清风拂面，阳光灿烂，天空晴朗，气候温和，我的身心从未如此地感到满足。回到家里，终于，我打开那一捆笔记，释放那些文字。它们还是那样，或长或短，一篇接着一篇。我要把它们印刷出来①。这些笔记，行文或有缺失，有些甚至是断断续续的，但还是可以自然串联起来。不管怎样，这部作品会向读者展示那些被记录的日子，展示某一时期某一阶段我所遇见的人性的光辉，这样的

①原注：我在1882年1月期间，曾坚持给一位朋友写过几封信，第8篇到第20篇，都是逐字从信中摘下来的。之后的篇目，记录的是我一些灰暗的经历。南北战争，当然是我人生时间轴上的一个分水岭。我在1862年末，1863、1864和1865这几年一直持续去拜访军队里的那些伤病员，他们有的是在战地医院，有的是在首府华盛顿附近的医院。一开始，我是用铅笔临时记在我的小本子上，主要是记下那些伤员的姓名、状况，有什么特殊需求等等。我简短记录下在军营里的这些人物、事件，有时候就在病床前，有时候也会在尸体旁，有时候只是在陪伴、等待、照顾某人的间隙匆忙逐项记录下他们叙述的故事。我有很多这样的小本子，它们构成了属于那段岁月的一段独特的历史。仅对我一人来说，这千丝万缕的联系是无法言语或吟唱的。我希望我可以向读者传达这些小本子中蕴含的一些联系，每一篇记录就一页或两页纸，我将它们折成很小的一块放在口袋里，用大头针固定起来。战争之后，它们被我扔在了一边，沾上了一些污迹模糊了。不仅仅是沾了血迹，有的确实是写得太匆忙了。因为，在战地医院里，经常会遭遇各种突发的不确定的情况，有打了胜仗大家在庆祝的时候，有遭遇突击狼狈不堪收拾残局的时候，也有和部队一起为行军做准备的时候，等等。从第22篇到第101篇都是我从那些沾着血迹的灰色小本子上逐字誊抄过来的。

之后的大多数笔记都会有所不同。战争结束后的一段时间，我得了中风，半身瘫痪，我那几年都不得不卧病在床。1876年，我的情况开始有所好转。从那时起，我会选择不同的季节，特别是夏季，去新泽西州卡姆登的一个乡下隐居一段日子。那里有一条原木溪，是一条很小的河流（它从十二英里外的特拉华州流过来），伴随着原始的幽静，蜿蜒的溪流，树木繁茂的河岸，甘甜的泉水，还有那些迷人的小鸟、草地、野花、兔子、松鼠、老橡树、胡桃树等等。从《进入悠长的田间小路》这篇日记开始的大多数笔记，都是我对那段时间、那些地方的记录。

之后的选集主要是我手头的一些零碎的文章，它们是在不同的时候写下的，像渔网里的鱼一样，我把它们凑在了一起。

我想要出版整个合集：首先，这里记录了万物（包括我本人）背后永恒的发展趋势，这些是不朽并值得保存的；其次，这里展示了一些典型的内心世界、人物还有其他，是我所在的这个时代芸芸众生的一个缩影，是19世纪新世界的中坚力量。我记录的就是这样一个有点奇怪、有些放松又有些奇妙的时代。但是，这本书并没有什么可以说得出来的确切的目的。

时光是多么的少(不是说这些时光的相对价值或是分量少,而是指这种偶然记录的机会很少)。我还有另外一个想法:我们总是会为某些目标的实现而准备很长时间,周详地计划着,希望可以深度挖掘,精细加工,可当真正该行动的时刻来临时,我们发现自己还是没有准备好,于是仓促行事,结果却发现,急忙慌张之中开始讲述的故事竟然比精心准备之下的还要好。无论如何,我将遵从我的这个愉快的决定,这看起来有些奇怪,但确实是势在必行。也许,我应该什么都不做,就这样出版一本最不符合常规、最原始的、自发无意识的、看起来断断续续的书。

答复

>

你坚持让我提供一些关于我的出身及早年生活的细节资料。你说你想了解我的血统，特别是我母亲家族那边的荷兰血统；你说你想了解我及我的父亲母亲，还有他们的祖祖辈辈出生成长生活的地方；你说你想了解我在纽约布鲁克林的经历——那是我青少年时期的回忆；你说你主要想了解我在写《草叶集》之前的一些生活细节。这很好，确实有必要了解一下，我认为这是很有意义的。一个人想要完全了解一件事情，就必须做深入的研究，追本溯源；了解了起源，再一点点积累沉淀，幸运的话，就能得到想要的答案。最近一周，我半病着，不能随意走动，于是待在家里整理出了一些资料，顺便也是为了消磨沉闷的时光。其实我这么做也是有其他意图的（但这个意图并没有实现，而且很可能就这么搁浅了）。我可以保证这些资料全都真实可靠，全都有迹可循。我本只需做一些简单的摘要就可以了，这样还能节省一些体力，只是我觉得这些信息全都是我想要向读者传达的内容，于是我就用我的方式叙述了这些简单的事实，可能有些啰嗦，但如果你觉得满意就拿去吧。

追本溯源

上个世纪末，我母亲的家族——范·威尔瑟家族，生活在纽约州长岛冷泉附近的一家农场，那里毗邻皇后镇东边边界，离港口大概有一公里远[1]。我父亲的家族——大概是新英格兰地区的第五代移民，也是生活在农场。他们拥有自己的一片土地，距离萨福克镇的西山大概有两到三公里远。这片地有500英亩，朝东南方向延伸，那里土地肥沃，森林覆盖率达10%，森林里不乏名

---

① 原注：最开始，长岛的西边由荷兰人占据，东边由英国人占据——两个民族的分界线亨廷顿靠西一点的地方，是我父亲那一族人生活的地方，而我就是在那里出生的。

贵古老的参天大树。惠特曼这个姓氏主要出现在美国东部，在西部和南部也有分支。毫无疑问，这个姓氏的起源是约翰·惠特曼，他于1602年出生在英国，他在那里成长、结婚，他的长子出生于1629年。1640年，约翰·惠特曼乘坐“真爱号”来到美国，居住在马萨诸塞州的韦茅斯——这个地方是很多新英格兰人姓氏的发源地。1692年，约翰·惠特曼离开了人世。他的兄弟，泽卡赖亚·惠特曼教士，也是乘坐“真爱号”来到的美国，可能是同一班船，也可能是后来的一班，他住在康涅狄格州的米尔福德。这位教士的儿子叫约瑟夫，他后来移民到了长岛的亨廷顿，并永久地定居在那里。根据原始的《宗谱字典》(第4卷第524页)的记载，惠特曼家族在1664年之前，也就是从这位约瑟夫开始，一直定居在亨廷顿。可以肯定的是，自那时候开始，也就是从约瑟夫开始，西山地区还有萨福克地区的惠特曼家族就开始发展了起来，我自己也是其中的一员。约翰和泽卡赖亚都去了英国，然后又回来，其间往返很多次。他们有一个很大的家庭，他们的子孙有的也出生在英国。我听说约翰和泽卡赖亚的父亲阿拜贾·惠特曼生活在14世纪，但是我们对他知之甚少，只是知道他也曾经来过美国。

我之所以能如此生动地描述关于血统的这些回忆，那是因为不久之前(大概在我63岁的时候)我去了一趟西山，拜访了那片埋葬着我父亲母亲两边先祖的土地。我从那次拜访中获得了一些信息，写在了这里。

幽静的古老墓地

1881年7月29日。在离开长岛四十年后的今天，我又回到了这里，这个离纽约城三十公里远的地方。上次回来是陪父亲一起，那是在他去世之前的两年前，我们相处的时间不长，之后再也没有回来过。这是我的出生之地，这一次我在这里停留了一个星期。我到那些熟悉的老地方转了转，想了很多，前尘往事，一切又涌上心头。我去了一趟在北边惠特曼家族的老宅，又去东边看了一眼，然而最喜欢的还是南边，那里有着宽广美丽的农场，那是我的祖父和父亲生活的地方。1810年，那里盖了

一栋新房子，房子边上是一棵古老的橡树，差不多有两百年的历史。橡树的一边是一口井，另一边是一条斜坡，斜坡上有个通往厨房的小花园。远处有个木屋，那是我曾祖父(1750—1860)的故居——结实的圆木，矮矮的天花板，一切都保存得很好。附近，还有个正儿八经的小果园，里面种满了高大有力的黑核桃树。啊，这如同美男子般英俊的黑核桃树，从1776年开始或者更早就在这里繁衍生息，子子孙孙，延续至今。路的另一边是一片小有名气的苹果园，差不多有二十英亩大，这些果树是我那早已离世的杰西叔叔亲手栽种的，叔叔虽已不在，但这些果树每年还是会开花结果。

我是在墓地写下这些文字的。墓地在一个山坡上，那里埋葬了几代惠特曼族人，毫无疑问，至少有一个世纪的历史了。墓地中，可以清晰辨认的坟墓有五十多个，还有很多已经衰败得看不出形状的、矮矮的小土堆。周围一片寂静，只是偶尔听见风儿飒飒吹过的声音。一直以来，有不少描述长岛上这些古老坟墓的经文和诗篇，其中不乏深奥而富有文采的；但这个山坡对我来说意义极其重大，因为这里有我整个家族的历史，我的家族一代一代地延续着，从第一代移民到今天，全都在这里——差不多三个世纪的历史都集中在了这片贫瘠的土地上。

第二天，7月30日，我又来到了我母亲家族人世代生活的地方，这里更加令人印象深刻。我是在冷泉附近写下的这段文字。那片埋葬着范·威尔瑟家族的山丘，是可以想见的死者的最佳安息之处，没有一丝艺术加工，但是远在艺术之上。这里土地贫瘠，半英亩内一片荒芜，山顶上齐刷刷地长着一棵棵大树，边缘环绕着密密麻麻的丛林，非常原始、僻静，没有人来拜访，也没有正儿八经的道路（你可以把车开到山下，但是把死者运上山却只能徒步，跟着的人也只能徒步）。可以看得清楚的坟墓大概有五六十座，还有很多已经被侵蚀得几乎看不出了。我的外曾祖父科尼利厄斯和外曾祖母艾米（内奥米），还有许多母亲这边的近亲远亲都葬在这里。此刻，我面对着这片坟地，闻着丛林里传来的清淡的属于野外的芬芳，时而坐着，时而站立，陪伴着我的是淅淅沥沥下着的小雨，还有与此地牵连的情感和回忆。

母亲的祖居

我沿着这片古老的墓地走了差不多四五百米远的路程，来到了范·威尔瑟家族的祖居。我的母亲在这里出生，这里的每一处也都见证了我的孩童和青年时代（1825—1840）。以前，这里有着长长的一排深灰色的房子，参差不齐，木瓦顶；房子四周有一些棚屋、围栏、一个大马厩，外加一条宽敞的乡间小路。然而现在，这一切都荡然无存，全被拆掉了，磨灭了。曾经，就在这片土地，这条乡间小路上，人们耕种了无数个夏天；现在，这里用栅栏围起来，和其他良田一样，种着粮食和苜蓿。唯一可以辨认的就是地窖的那个洞，那里还残留一些碎石，上面布满了绿色的杂草，而其他的甚至连那古老的曾经水量丰沛的小溪和泉水也都枯竭找不到了。眼前的一切，勾起了我半个世纪前孩童时代的回忆，特别是那些满屋子欢乐聚会的人们：有外祖母艾米，她戴着贵格会的帽子，面容慈祥；还有我的外祖父，他是位陆军少校，生性快活，矮矮胖胖，面色红润，声音洪亮……回忆里这些各具特色的面孔，交织着眼前真实的场景，是我这次远足最值得回味的半幅光景。

我最亲爱的母亲，路易莎·范·威尔瑟，就是在这样一片山林环绕、十分健康的环境中长大的。而她的母亲，也就是我的外祖母艾米，则来自威廉姆斯家族。我的外祖母是贵格会教徒，她有八个兄弟姐妹：七个姐妹，一个哥哥。她的父亲和哥哥都是海员，他们最后都葬身海底。范·威尔瑟以善于养马出名，他饲养和训练的马匹全都有着优良的血统。我母亲年轻的时候，是一位挤奶工，也是一位勇敢的骑手。这个家族的首领，我的外祖父陆军少校科尼利厄斯·范·威尔瑟，来自古老的荷兰家族，后来在曼哈顿岛和国王镇·皇后镇上扎根，再没有谁可以像他那样典型地彻底被美国化了。

家族的优良传统

这里有两个例子可以说明长岛中部居民在那段时期的生活状况：

“惠特曼家族，在本世纪初，一直居住在长排的农舍里。农舍有一层半高，由圆木建成，至今仍在那里。农舍旁边是一个巨大的封闭式厨房，尽头是一个大大的灶台和烟囱。在还处在奴隶时代

的纽约，这个家族拥有十二到十五个奴隶，他们在屋子里或是田地里工作，实行族长制度。在这里，你可以看到很多年轻的黑人。傍晚的时候，一群人就在这个厨房里，蹲坐在地板上，吃着印第安布丁，喝着牛奶，这是他们的晚饭。在这个屋子里，食物和家具都很原始，但是数量充足。这里没有毛毯或火炉，也没有咖啡，只有女性可以享用茶和糖。冬天的晚上，人们用木头生火取暖；粮食储备充足，猪肉、家禽、牛肉以及一些普通的蔬菜粮食应有尽有。男人们吃饭的时候通常喝苹果酒。但是不论男女都要靠双手工作：男的在农场上工作，女的则在屋子里或是屋子附近工作。因为没有什么书可以读，所以每年印刷的年鉴显得格外珍贵，在漫长的冬夜里，大家都会聚精会神地阅读年鉴。值得一提的是，这些家庭住得离海很近，站在高处可以看到海，安静的时候，甚至可以听见海浪的声音。暴雨之后的夜晚，海浪总会发出一种奇特的声音。大伙儿，男男女女的，经常跑到海滩上，游泳、开派对，男的还会去更远一点的地方，割些干盐草用来捞蛤钓鱼。"（出自约翰·巴勒斯[1]的笔记）

"沃尔特·惠特曼的祖先，不论男女，家中都会常备美味食品，在镇里以好客礼貌著称，有着极好的社会名声，他们通常都个性鲜明。如果篇幅允许，我会考虑特别描述几位男性，当然还有很多女性。比如说，沃尔特的外曾祖母，她是位高寿的老人，皮肤黝黑，个头很高。她喜欢像男人一样抽烟骑马——她可以驾驭最桀骜不驯的马。后来她成了寡妇，每天都会去农场，威风凛凛地掌控指挥着她的那些奴隶；有时激动起来，嘴里也会骂骂咧咧的。她的两个女儿，也是非常出众的。沃尔特的外祖母（结婚前叫艾米·威廉姆斯）是一个贵格会教徒，她开明、有性格，是一位贤妻良母，非常重视直觉和精神。另外一位，汉娜·布拉什，也是一位品格高尚的人，性格有些强势，也很高寿，生了几个儿子，是位从不矫揉造作的女性，早年在学校教书，内心非常坚强。沃尔特·惠特曼从他的女性先祖那儿继承了很多优良品质。"（出自约翰·巴勒斯的笔记）

伴随着这些人、这些背景，我在1819年5月31日出生了。我的幼年、童年、青年和成年时期都是在长岛这片土地上度过的，所以有时候我觉得自己已经成为它的一部分。之后，我到处流浪，从男孩变成男人，从布鲁克林搬到蒙托克角，长岛上几乎每个地方我都生活过。

① 约翰·巴勒斯（John Burroughs, 1837–1921），美国19世纪著名的自然学家。

长岛啊，长岛

保马诺克（“长岛”的土称[1]）是非常值得细细研究一番的。它向东穿过国王镇、皇后镇还有萨福克镇，绵延120英

---

①原注：“保马诺克（Paumanok），是‘长岛’的印第安语，绵延100海里长，形状像一条鱼。这里有海岸、沙滩，当然也伴随着暴雨和无尽的地平线。对于体弱多病的人来说，这里的风似乎大了些。海湾上栖息着很多水鸟，南边的草地上覆盖着干盐草。岛上的泥土比较坚硬，但还是种着洋槐、苹果、黑莓。这里还有着世上最清甜的泉水。很多年以前，这里居住着一个坚强、充满野性的民族，他们是长岛的原住民，被称为保马诺克人（Paumanacker）或是克里奥尔-保马诺克人（Creole-Paumanacker）。与现在岛上的居民相比，与其说他们已经完全改变了，不如说他们已经完全消失灭绝了。”——约翰·巴勒斯

里;而岛屿北部则是一系列美丽多变、景色独特的海湾,海水慢慢回转延伸100公里一直到达东部。海的另一边是巨大的南部海湾,海湾上点缀着无数山丘,它们大多是小小的,有些也很大。在洛克威以及汉普顿东边,海岸连着岛屿,时不时地有海水冲到岛上,没有遮拦。海岸东边有几座灯塔。漫长岁月中,经常有船只失事的悲剧发生,最近几年也有发生。童年时代,我曾看到过不少失事船只的残骸,还曾亲眼见证过其中一两艘的打捞过程。比如,1840年,在亨普斯特德海岸失事的"墨西哥号",以及几年之后在汉普顿失事的一艘名为"伊丽莎白"的双桅帆船(那是一场可怕的事故,正好赶上最糟糕的冬季暴风,玛格丽特·富勒[1]还有她的丈夫和孩子都在那场事故中丧生)。

作为岸外洲,这片南部海湾相对来说浅了不少,每到冬季,水面上总是结着厚厚的冰。孩童时代的我经常和一两个小伙伴一起来到冰面上,踩着雪橇,拿着斧头和捕鳝叉,追着一群群鳝鱼。我们会在冰面上打个洞,有时候正好碰上鳝鱼群,这时候我们的网兜里就会装满肥美可人的鳝鱼。对于一个男孩的童年来说,在冰面上踩着雪橇打洞叉鳝鱼当然是最有趣的了。那片美丽的海湾,那些美好的冬季夏季,还有童年那些玩耍活动的片段,此刻在我脑海里交织成美好的回忆。我最喜欢的一个活动就是搜集海鸥蛋。一只海鸥一次平均下两到三颗蛋,一颗海鸥蛋大小相当于大半个普通鸡蛋;海鸥蛋就躺在沙滩上,任由温暖的阳光孵化。

长岛东边尽头是科尼克海湾地区,我对那里也非常熟悉。我曾经不止一次航海到谢尔特岛,从那里到达蒙托克,在乌龟山的老灯塔上待上很长时间,在那个极点,我可以眺望无尽的大西洋。我过去常常和那里的渔夫们称兄道弟,还

---

① 玛格丽特·富勒(Sarah Margaret Fuller,1810—1850):美国作家、评论家、社会改革家、早期女权运动领袖。

曾加入他们每年出海捕鱼的小分队。蒙托克半岛，绵延约15英里长，是个放牧的好地方。有时候我沿着岛走，可以遇见些陌生的、邋遢的甚至有些野蛮的牧羊人，他们与文明社会隔绝，在这片肥沃的牧场，掌管着大群大群的马、牛、羊，这些牲畜都为东边镇子上农夫所有。有时候就在这蒙托克半岛上，我还能遇见为数不多的几个印第安人或是半印第安人，不过，现在应该再也见不到他们的踪影了。

长岛中部大部分是亨普斯特德平原，那个时候（1830—1840），这平原更像是一片大牧场，广阔无垠，杳无人迹，覆盖着越橘类灌木，但却是天然的牧场，喂养着成千上百的牛，大多数是奶牛。牧场为镇里所有，是大家的公共财产，所以大家都来这里放牧。有时候到了傍晚，一群群的奶牛悠闲自在地纷纷往回走，走到某处再各自散开。我常常游走在牧场的边缘一直到太阳落山。我依然可以清晰地记起那个画面：浩浩荡荡的牛群中，远远近近传来铃铛相互碰撞的声音，冷酷的空气中带有丝丝甜蜜的芬芳，那样的黄昏多么让人难忘。

穿过长岛的中部平原，再往东边走一些，那里有大片的松树和矮橡树（这里出产木炭），单调而又贫瘠。但是我经常花一整天或是半天的时间，游走于这些孤独的树丛之中，呼吸着这极其特别、有些野性的味道。我陆续地在这里，在海边，在整个长岛待了很多年，经历了这里的每一个季节。有时候我骑着马，有时候我划着船，但大多数时候我是步行。我喜欢走路，走在迷人的田野上，走在开阔的海滩边……长岛的很多地方都留下了我的足迹。在走路途中，我遇到过形形色色的人：有海湾居民，有农夫，有马夫，有渔夫……我总是可以和那些可爱的人们打成一片。每个夏天我都会出海短途旅行，我特别喜欢南边空旷的海岸，记忆里最愉快的时光都是在那里度过的。

四十多年之后，我写下这些文字，所有的记忆又回来了：海浪细沙，抚慰人

心，带着咸咸的味道；少年时代的我，赤着脚，卷起裤腿，淡定地探索着挖掘着；蜿蜒的小溪，芬芳的莎草，装着干草的船只，海鲜杂烩，捕鱼船远航的片段，以及几年之后，几次乘船到纽约湾的经历都一一拂过眼前。还是那些年，当时的我住在布鲁克林（1836—1850），在天气温和的时候，我每周都会去康尼岛。那个时候，长长的海滩，人迹罕至，只有我一人。我喜欢先游个泳，然后在坚硬的沙滩上跑来跑去，对着海浪海鸥，慷慨激昂地朗诵着荷马或是莎士比亚的诗句。但是现在，我走得太急太快了，我必须回到我的道路上。

人生第一本读物

1824年到1828年之间，我们家一直住在布鲁克林前段的格兰布雷和约翰逊大街；后来，我父亲盖了一栋非常漂亮的小房子，我们一家就搬了进去；再后来，我父亲在提拉瑞大街上又盖了一栋同样漂亮的房子：就这样，我们换了一次又一次的房子，这些房子后来都被抵押，我们也失去了它们。我仍然记得拉斐特将军[1]的访问。那些年的大部分时间，我都在公立学校读书。大概在1829到1830年期间，我经常跟随父母去布鲁克林山庄的一个宴会厅听伊莱亚斯·希克斯的布道。那段时间，我在一家律师事务所里做实习生。这家律师事务所是由克拉克父子三人创建的，就在富尔顿大街，靠近奥林之。在那里我有一张属于自己的漂亮的写字台，对着窗户。爱德华·克拉克经常指导我写作(这对青年时期的我有着重要意义)，他还帮我办了一张公共图书馆的借书证，就是拉斐特将军奠基的那座图书馆。那段时间，我尽情地沉浸在疯狂的阅读中：一开始，我读了《一千零一夜》全套书，非常过瘾，后来我又读了很多其他书，包括沃尔特·司各特[2]的小说，一本接着一本，还有他的诗，喜欢读小说和诗歌的爱好就这样一直延续至今。

① 原注："1824年，拉斐特将军造访长岛，来到布鲁克林，穿行整座城市。学校里的孩子们都跑出去欢迎他。对年轻人免费开放的公共图书馆大厦也在那时候开工，拉斐特将军同意短暂停留，为大厦奠基。无数的小孩子跑到工地上，巨大的挖掘机已经开始工作，周围是一堆堆大石块，几位绅士帮忙把孩子抱起来，放到安全的地方观看奠基典礼。拉斐特将军也是其中一位，他抱起时年五岁的沃尔特·惠特曼，把他拥在胸前，吻了一下，然后把他放在了一个安全的地方。"——约翰·巴勒斯

② 沃尔特·司各特(Walter Scott，1771—1832)：英国著名小说家和诗人。

旧时布鲁克林

大概有两年的时间，我在一家周报报社的印刷所里工作，这让我对这个行业有了了解。这家报社叫《长岛爱国报》，报社主人S. E.·克莱门茨，也是邮政局长。所里有一位年迈的印刷工，他的名字叫威廉·哈茨霍恩，是一位具有革命精神的大叔，他曾经去过华盛顿，经常和我谈论过去的那些光辉岁月，我和他是很好的朋友。我和他的外孙女还有其他学徒是在一起吃饭的。我的老板偶尔会带我一块儿外出骑马，老板对我们这些小男孩都非常好。星期天的时候，他还会带我们去一个古老粗陋

的石头教堂。那个教堂就在乔罗门大街上，靠近现在的布鲁克林市政厅（那个时候这里还只是广阔的田野和乡间小道①）。之后，我在《长岛之星》工作过一段时间，这是奥尔登·斯普纳创办的报纸。这期间，我的父亲一直做着木匠、建筑工的

①原注：那时候的布鲁克林（1830—1840）除了几条古旧的街道几乎什么都没有。人口大约在1—1.2万。长达1英里的富尔顿大街上种着一排榆树，完全一幅乡下的光景。今昔对比，不得不提的是那片靠近弗莱布什和富尔顿大街的约25英亩的土地，现在它是市里最贵的土地，而在当年那位叫帕门蒂尔的法国侨民只花了4000美元就买了这片地。还有谁记得那些老地方？还有谁记得那些老居民？那些老地方包括码头附近的史密斯和伍德，蔻儿·唐宁以及其他一些酒吧，当然还有老码头，爱情巷，长岛山庄，华尔保附近的木桥，富尔顿大街附近的马路以及老收费站。那些老居民包括威严而又亲切的耶利米·约翰将军，其他还有加布里埃尔·弗曼，E. M. ·约翰教士，墨菲法官，皮爱邦先生，乔罗曼先生，塞缪尔·威洛比，乔纳森·特洛特，乔治·豪尔，塞勒斯·P. ·史密斯，N. B. ·莫斯，约翰·迪克曼，艾德里安·赫之曼，威廉·尤德尔，年迈的杜富隆先生以及他的军事花园。

活儿，时好时坏。家里小孩子的数量在不断增长。我们一共八个兄弟姐妹：杰西是大哥，我是老二，后面是我亲爱的妹妹玛丽和汉娜·路易莎，我的弟弟安德鲁、乔治、托马斯·杰斐逊，还有我最小的弟弟爱德华，他生于1835年，有些残疾，同晚年时候的我一样。

天性之课

1833年到1835年期间，我已成长为一位健康强壮的年轻人。我长得很快，十五六岁时就已经长得像个成年人了。这段时间，我们全家又回到了乡下，我亲爱的母亲生了一场大病，休养了很久才恢复。这么多年，每个夏天，我住在长岛，一会儿东边，一会儿西边，有时候一口气来来回回一跑就是几个月。在十六七岁的时候，我喜欢辩论，并且参加了一些辩论社，时不时与社员们积极地参加各种各样的辩论，有时候在布鲁克林，有时候在岛上的其他乡镇。在那几年和之后的几年里，我读了很多书，什么书都读，尽情吞食着我能接触到的一切书籍。我也喜欢去纽约城看戏，只要有机会我都会去，有时可以见识到精彩绝伦的演出。

1836年到1837年期间，我在纽约城的一家印刷厂当排字工人。那个时候，我刚满18岁，过了一阵子，我又来到长岛的皇后镇和萨福克镇的乡村学校教书。回头想想，这真是一段非常好的经历，间接地给我上了关于人类天性最深刻的一课。1839年到1840年间，我在我的家乡小镇亨廷顿办了一份报纸，出版周报；之后又回到纽约城布鲁克林，做印刷工，并继续我的写作事业。大多数时候我写的都是散文，有时候也会腼腆地尝试一些诗歌创作。

情钟渡船

自从我住在纽约城布鲁克林，在接下来的许多年里，我的人生和富尔顿渡船就开始有了不解之缘。对我来说，它是世界上最重要、最大、最快、沿途风景最美的渡船。这几年（1850—1860）我几乎每天都坐船来回。通常我会待在驾驶室旁边，那里视野开阔，我可以尽情地享受各种演出、伴奏和美景。船身下的河流，浪涛伴着巨大的人潮起起伏伏。我确实对渡船情有独钟，对我来说，它非常独特，就像源源不绝、生机勃勃的诗歌一般。河流和港湾的景色，全部围绕着纽约岛，每一刻都精彩：湍急

飞溅的海潮之上漂着各式各样的船只，通常是长长的一支船队，驶向远处的港湾，还有很多挂着白帆的纵帆船、单桅帆船、单人艇以及奢华的游艇等等；下午五点钟左右，一群小船意气风发地哗哗驶近东边界贝特利附近，经过斯塔顿岛、纽约湾海峡，沿着哈德逊河流一路向前。这样的景致和体验曾让多年前的我精神特别振奋，很多次都是如此。渡船的驾驶员都是我的老朋友，巴瑟儿兄弟，约翰尼·可儿，伊拉·史密斯，威廉·怀特，还有年轻的汤姆·盖尔，他们所有人我都记得清清楚楚，不曾忘记。

百老汇街景

我在纽约断断续续地生活了很多年，除了富尔顿渡船，我熟知并且经常出入的就是百老汇了。这条纽约知名大道上常年熙熙攘攘行走着各色人群，其中不乏社会名流。那些日子，在这里，我见过很多名人，有安德鲁·杰克逊[1]，丹尼

① 安德鲁·杰克森（Andrew Jackson，1767—1845）：第7任美国总统（1829—1837），首任佛罗里达州州长。

尔·韦伯斯特[①]，亨利·克雷[②]，威廉·苏华德[③]，马丁·范布伦[④]，妨碍议事的议员威廉·沃克[⑤]，科苏特[⑥]，费兹·格林·哈勒克[⑦]，威廉·卡伦·布莱恩特[⑧]，威尔士亲王，查尔斯·狄更斯，第一任日本大使，还有很多其他名人。这里总是能出现新奇和振奋人心的事情，但对我来说，大多数时候都是源源不断急匆匆的汹涌人潮。我记得曾看见詹姆斯·费尼莫尔·库柏[⑨]，他在钱伯斯大街上的市政厅法院工作，当时他总是提着一个装着法律文书的箱子(我猜想箱子里一定装着控告某人诽谤的文书)。我也记得看到过埃德加·爱伦·坡，我曾经对他进行过短暂的访问(1845到1846年期间)，他的办公室就在拐角一幢大楼的二楼(杜安街或是珀尔街)，他是《百老汇日报》的主编、老板或是说有股份的老板。那次见面是关于我在他们报纸上发表的一篇文章，爱伦·坡非常热情诚恳，他衣着考究，待人亲切。我对他的外貌、声音、谈吐举止等印象深刻，他真是一位很和善的人，他说话的时候语速很慢，也许是因为有些疲倦。还有一位让我印象深刻的人，是在西边休斯顿大街

① 丹尼尔·韦伯斯特(Daniel Webster，1782—1852)：美国第14任(1841—1843)和第19任(1850—1852)国务卿，著名的政治家、法学家和律师。

② 亨利·克莱(Henry Clay，1777—1852)：美国参众两院历史上最重要的政治家与演说家之一，辉格党的创立者和领导人，美国经济现代化的倡导者。

③ 威廉·苏华德(William Henry Seward，1801—1872)：美国律师、地产经纪人、政治家，曾任美国国务卿和纽约州州长。

④ 马丁·范布伦(Martin Van Buren，1782 —1862)：美国第8任副总统(1833—1837)及第8任总统(1837—1841)。

⑤ 威廉·沃克(William Walker，1824 —1860)：美国冒险主义分子，1856年自立为尼加拉瓜总统，1860年被处决。

⑥ 科苏特(Kossuth，1802—1894)：1849年任匈牙利共和国元首，后被迫辞职，流亡国外，死于意大利。

⑦ 费兹·格林·哈勒克(Fitz Greene Halleck，1790—1867)：美国诗人。

⑧ 威廉·卡伦·布莱恩特(William Cullen Bryant，1794—1878)：美国诗人和新闻记者。

⑨ 詹姆斯·费尼莫尔·库柏(James Fenimore Cooper，1789—1851)：美国作家，代表作系列长篇小说《皮护腿故事集》。

上遇到的。大概是在1832年1月的一个阳光明媚的日子，我曾看见一位老人，他佝偻着身子略显虚弱，却依然壮实魁梧，裹着昂贵的皮草，脸上长长的胡子，头上戴着一顶貂皮帽，被人一路搀扶指引着，最后几乎是被抬着走下了前门的台阶（十几个人，有朋友，有仆人，全都殷勤小心地撑着他）。接着，他被送进一辆奢华的雪橇车，又裹了一层皮草，离开了。拉着他所乘坐的那辆马车的马是我这辈子见过的最好的马，那是今天人工饲养出来的那些上等马不可比的。五十年前，无论是在长岛、南部还是纽约城，再也找不到这样的好马了；人们看重的是老马的精神和气质，而不仅仅是它的顺从与速度。当时的我，十四五岁的样子，就愣在那里，注视着那位裹着皮草的老人，他周围的人小心翼翼地把他安置在雪橇车上。我依然记得那些精气神十足的马匹以及那位握着马鞭的马夫，还有他身边坐着的防止意外发生的另外一位马夫。那位万众瞩目的老人家，现在似乎就在眼前，他就是约翰·雅各布·阿斯特[①]。

1846年到1847年间，我一直在纽约城居住，以写作和做印刷工为生。总的来说，这期间的我身体健康，生活得很愉快。

①约翰·雅各布·阿斯特(John Jacob Astor，1763—1848)：德裔美国皮毛业大亨及财经专家。1848年死时遗产有2000万美元，是那个时代的美国首富。

从司机身上能学到东西？

>

那段日子中，有一样一定要记下来，那就是百老汇的公共汽车，还有公共汽车司机。这些汽车至今仍在百老汇发挥着作用，这些公共汽车依然会经过第五大道、麦迪逊大道、二十三街，但旧时百老汇舞台上那些形象各异的角色都已不复存在。那些所谓的黄鸟、红鸟，最初的百老汇，第四大道，初来乍到的荷兰籍纽约人，还有许多其他二三十年前的事物，如今都不复存在了。而和这一切有着特殊联系的，赋予这些事物活力与意义的，就是这些公共汽车司机了。他们是一群奇怪、自然、眼光锐利又奇妙的人。如果拉伯雷[1]和塞万提斯[2]遇到他们，定会取笑他们，荷马和莎士比亚肯定也会这样。我记得实在是太清楚了，我一定要描述一下他们。

多少时光，多少上午和下午，多少激动人心的夜晚，大概是在六月份或是七月份，空气中透着些凉意，我一路徜徉在百老汇，听着那些奇谈，那是我听过的最生动的故事，难以模仿超越。或许我也会朗诵朱利叶斯·恺撒或者理查德的一些雄壮的篇章，但很难像他们一样以浑厚的男低音来大声咆哮。是的，那时候我认识了解所有的公共汽车司机，百老汇杰克、裁缝师、倔强的比尔、暴躁的乔治、老象、他的弟弟小象（后来的）、蒂皮、人气很旺的赖斯、大弗兰克、黄皮肤的乔、皮特·卡拉汉、帕齐·帝，还有许多其他人，差不多有上百个之多。他们性格各异，却也离不开吃、喝、玩、乐还有女人。他们有他们的骄傲，或许他们也会有没精打采的时候，但不论什么情况下，我都相信他们总体来说是善良的、敬业的。我这么说不仅仅是出于友情，更多是出于喜爱。我也从他们身上学到不少东西，我猜想那些评论家肯定会哈哈大笑，但是百老汇公共汽车和公共汽车司机，还有那些咆哮式的朗诵，对演出的嘲弄，无疑都成为了我创作《草叶集》的素材。

---

① 拉伯雷(François Rabelais，约1493—1553)：法国文艺复兴时代的伟大作家，人文主义的代表。

② 塞万提斯(Miguel de Cervantes Saavedra，1547—1616)：西班牙小说家，戏剧家，诗人。

剧院的流年青春

>

有些演员和歌唱家，还是非常不错的，算得上是行业顶尖。那么多年，我时不时地出入老公园、巴黎街、百老汇查塔姆广场的那些剧院，也经常去观看钱伯斯大街上阿斯特或贝特利剧院上演的意大利歌剧。那时候的我还很年轻，因为给报社写稿，很多时候看演出是免费的。老公园剧院，这个名字又勾起了我很多的回忆！普拉西德，克拉克，弗农夫人费舍尔，克拉拉，伍德夫人，塞甘夫人，艾伦·吹，哈克特，年轻的基恩，麦克雷迪，理查森夫人，赖斯……他们有的是歌唱家，有的是悲剧演员，有的是喜剧演员，带给我们无数完美的演出！印象深刻的有《拿破仑禁军》和《祖父怀特·海德》中的亨利·普拉西德，还有《恼怒的丈夫》中的希波，范妮·肯布尔饰演的唐蕾小姐，谢里丹·诺尔斯出演的他自己的《弗吉尼厄斯》以及《天生好运》中特立独行的波尔。所有这些，不仅仅是这些，还有更多，陪伴着我度过了美好的青年时光。一说到范妮·肯布尔，我脑海中立刻出现了那些精彩绝伦的演出。我清楚地记得她在《法齐奥》中塑造的比安卡，《妻子》中扮演的玛丽安娜。她在舞台上的精彩表演简直无人能超越，那些看过无数表演、经验丰富的老人都这么说，而那时年轻的我，全身的每一个细胞也是这么认为的。她是那样的成熟、坚强，她的气质不仅仅是“美丽”二字能形容的，她简直就是为聚光灯而生的。她曾经在伦敦、在英国的各个城镇接受过三年的训练，学成之后，她来到美国，在舞台上尽情展示她年轻成熟妩媚的力量，她就像中午或是午前盛开的玫瑰花，激情洋溢。我是如此幸运，可以在每个晚上看到她在老公园剧场的演出！当然，全是她担任主角的剧目。

那些年，我也欣赏了不少精彩的意大利及其他地方的歌剧，全是当时流行的，有《梦游者》《清教徒》《自由射手》《胡格诺》《女孩团》《浮士德》《北星》《波流托》，还有许多其他歌剧。威尔第的《埃尔纳尼》《弄臣》《吟唱诗人》，多尼采蒂的《露西娅》《法沃里达》《鲁克蕾齐亚》，奥博的《马桑尼爱罗》，罗西尼的《威廉·泰尔》和《鹊贼》，这些都是我特别喜爱的剧目。每次阿尔伯尼来纽约或是附近演出，我都会去观看。还有格莉西，男高音马里奥，男中音巴迪亚利，他们都是世界一流的顶级歌唱家。

我对音乐剧的热爱紧随我对戏剧的热爱。年轻时候的我几乎看遍了莎士比亚的所有戏剧（每次看戏之前我都会认真阅读原著剧本），这些演出全都精彩绝伦。再也找不到比老布兹更好的演员了，他扮演的莎翁笔下的理查德三世、李尔

王、埃古，我分不出哪一个更好。当然，还有他扮演的那些非莎翁笔下的人物，比如佩斯卡拉，或是夸张的贾尔斯先生等等，也是惟妙惟肖。除了老布兹，令人记忆犹新的还有在《麦克白》里扮演角色的汤姆·汗布林，在《哈姆雷特》中扮演的鬼魂、以及在《暴风雨》中扮演普洛斯彼罗的老克拉克，此外还有奥斯汀夫人扮演的艾莉尔，彼得·瑞钦斯扮演的卡利班。真是很多很多的好演出、好演员！比如弗里斯特塑造的梅塔莫拉、达蒙、布鲁斯特等人物形象，约翰·R.·斯科特塑造的汤姆·克林格、罗拉等人物形象，还有夏洛特·库什曼在《伦敦保险》中扮演的史班可小姐。那些年，我在贝特利的城堡花园看了很多季哈瓦那音乐剧，全都是由马力赞克乐队演出的。那是一支非常优秀的乐队，他们的演出像是凉爽的海风，超越了发声技巧。我还能清楚地记得史丹福洛、波西欧、特鲁菲还有马里尼，他们在《马里诺·华立罗》《骗婚记》还有《宠妃》当中的演出是纽约城最棒的，再也找不到更好的了。也是从那时候起，我开始听珍妮·林德的歌。啊，贝特利老剧院，那些古老的树木，陈旧的道路，斑驳的砖墙，有多少过去的故事可以诉说！

匆匆

>

1848到1849年间，我担任布鲁克林《每日鹰报》的主编。1849年，我开始了一段工作兼休闲之旅。我的弟弟杰斐逊和我一起，我们穿过美国中部，来到俄亥俄州的密西西比河畔，在新奥尔良住了一阵子。在那儿，我为《每日新月报》做了一段时间的编辑。后来我又往回向北走，到达密西西比河，在那儿附近，我们又经过了五大湖区，密歇根湖、休伦湖、伊利湖，一直到尼亚拉加大瀑布和加拿大魁北克，最后返回纽约中央的哈德逊河。这次旅途来来回回总共差不多走了5000英里。1851年到

1853年，我一直在布鲁克林从事办公室工作，忙于出版报纸《自由人》。1855年，我亲爱的父亲去世了。我开始迫切地想要出版《草叶集》，在印刷厂朋友、布鲁克林的兄弟罗姆的帮助下，在做了很多需要做的和不需要做的事情之后，我终于成功了。是的，我总摆脱不了那些理想化、诗歌化的想法。1856至1857年间，正是我人生的第37个春秋。

我的性格来源

>

总结前文(当然,还有很多很多没有记录下来的),我推测我性格的形成主要有三大来源,不管好坏,它们已经根深蒂固。我在文学上所取得的造诣和其他发展都源于我母亲那边遥远的荷兰血统,我想我继承的一定是最优良的那部分。而我身上所隐藏着的不屈不挠的傲骨(固执和倔强),则源于我父亲那边的英国元素。此外,我在长岛的出生背景(在那里的海岸我度过了如童话般的童年),在热闹的布鲁克林和纽约的生活经历,以及之后南北战争期间我的遭遇,这是形成我性格的第三个方面的因素。

1862年，惊悉我的弟弟乔治（时任纽约第51志愿军军官）在11月13日的弗雷德里克斯堡第一场战役中受了重伤，我急忙赶到弗吉尼亚的战场。我想有些事我不得不从头说起。

号外——战争来了

1861年4月13日晚，纽约收到消息，萨姆特堡[1]遇袭，叛军已将旗子插到了查尔斯顿港湾。这立刻成为各大报纸的号外，新闻的头条。那天晚上，我在第十四街看歌剧，演出散场后，大概十二点左右，我正从百老汇大街向布鲁克林走去，突然听见远处报童高声叫喊。不久，那撕心裂肺的叫喊声慢慢靠近，报童在大街上来回奔跑冲撞着，比

① 1861年4月12日，萨姆特堡遭到南军炮轰，称为萨姆特堡战役。随后，美国总统亚伯拉罕·林肯对南方宣战，南北战争爆发。

往日更加莽撞。我买了一份号外，穿过马路，来到大都会饭店。那里的灯光比较明亮，我和许多其他临时集中起来的人们一起，阅读了这条真实的新闻。为了让那些没有报纸的人也能了解到所发生的事情，我们中有一个人大声朗读了新闻中的报道。所有人都静静地、聚精会神地听着。人群越积越多，差不多有三四十人。我清楚地记得，大家自发停留了两分钟，没有人做出任何评论。此刻，我仿佛又看到了聚集在那午夜灯光之下的人群。

永垂不朽的证据

>

我曾经在什么地方说过，1861年之前的三任总统，都暴露了统治阶级的懦弱和堕落，正如欧洲国家应该由王朝统治一样，我认为这个时候的美国更适合由共和党来领导。但是，这场与奴隶制度的较量来势汹汹，最主要的敌人已经清楚明白地展现了他的嘴脸，我还有什么话好说呢！举国上下陷入一片动荡，查尔斯顿战火的爆发也证明了我之前的疑虑是正确的——对方就是想要分裂。在我看来，无论放到哪个时代，旧时代或是新时代，这场战争都会是一次推动政治进程和民主发展的激动人心的大事件。这不仅仅是表面上显现的那样，虽然那也很重要，但其内在隐含的意义和重要性却是永恒的。这场战争触动了新世界人民的人性深处，大家万众一心，联邦政府的意愿就此形成并且愈加牢不可破。这是一股坚定不移的力量，受到大多数人的支持。这股力量拒绝被玩弄或被反对，它让人们积极面对各种紧急事件，让人们可以随时团结起来，甚至可以像地震一样爆发。这确实是本世纪美国给我们上的最好的一课，我有幸可以参与其中。(南北战争有两次盛大场面，它们是民主永垂不朽的证据，是过往历史中无与伦比的：一次是在战争开始的时候，另一次是在结束的时候，包括将军、志愿兵在内的武装起义部队在1865年夏天都安静平和地解散了。)

轻蔑之感

萨姆特遭到轰炸之后，除了小部分地区，北方大部分地区的人民还没有意识到叛乱的严重性，还没有意识到奴隶州对国家当局政府强烈持续的军事抵抗。百分之九十的自由州民众认为叛乱始于南卡罗来纳州，他们有这样一种情绪：一半是轻蔑，一半是愤怒和怀疑。大家没有想到，弗吉尼亚州、北卡罗莱纳州还有乔治亚州也会加入其中。一位颇有威望并以谨慎出名的政府官员预测，叛乱会在60天内平息，大众也相信这种预测。我记得曾经在富尔顿渡船上和布鲁克林市长谈论此事，

他说“那些南方的奴隶主最好认真地抵挡，不然他们会被立刻镇压，就再也听不到‘分裂’这个词了；不过恐怕那些奴隶主也没有勇气真正做些什么”。

我也记得，布鲁克林十三街上的一群壮汉，聚集在城里的军械库，天天轮流值班，每个人都配有长绳步枪，十分显眼，仿佛在告诉人们，他们每个人都将会用长绳拴着一个南方的俘虏，庆祝我们早日胜利凯旋。

败北布伦河

所有的情绪注定被这样的打击给震惊了。是的，这就是布尔伦河战役！当然，我们现在都知道，这场战役是历史上最特别的战役之一。所有战役以及战役的结果，讲起来只不过是一个故事，但是这场战役死伤特别惨重，这是一场风险极大的较量。对战双方都认为自己能胜利，所以大家一直坚持到最后一刻。然而事实上，双方也都极有可能溃败。在这种谎言或是一系列谎言之下，北方联邦军最后仓皇而逃。22日，星期一，白天，大量的战败军涌入华盛顿长桥，那天一整天都下着毛毛雨。

战役持续的那个星期六和星期日(20日和21日),天气极其炎热,如火烤一般。尘土、污垢、烟雾,混杂着汗水,一层层不断浸透着衣服,最终成为身体的一部分。士兵们的衣服沾满空气中的尘土。军队、货车、大炮走过干燥的马路,凌乱的战场,所到之处,尘土飞扬。所有人的衣服都裹着沮丧的汗水和雨水,现在他们撤回来,涌向长桥,经过二十英里的痛苦行军,才到达华盛顿。挫败、耻辱、惊恐,各种情感交杂其中。之前的那些自吹自擂、得意夸耀都到哪里去了?胜利的横幅、庆祝的乐队还有捆着战犯的绳索都到哪里去了?没有乐队在演奏,也没有欢迎的旗帜,只有挥之不去的耻辱和垂头丧气。

太阳升起了,但是光彩全无。士兵们出现了,一开始是稀稀拉拉的几个人,他们面色羞愧;接着,越来越多的士兵部队出现在华盛顿各条大街上——在宾夕法尼亚大道上、在台阶上、在地下室的入口处。他们一路走着,三五成群,毫无秩序可言。偶尔也会有一队秩序井然的兵团走过,队伍中有些位置是空缺的,那是战死沙场的战士们的位置,他们是真正的勇士。带队的军官沉默不语,神情低落,眼神坚定却又疲倦至极。所有人又黑又脏,但是每个人都握着步枪,前行着,似乎在以此证明自己还活着。但这样整齐的兵团毕竟还是少数。宾夕法尼亚大道还有第十四街的人行道上挤满了市民、黑人、白人,然而所有人都是看客。女人们透过窗户,一脸好奇地看着一群群满身尘土的士兵走过。大家什么话都没有说,也没有任何评论。半数看客都非善类,他们什么都没说,只是一脸坏笑。整个上午,华盛顿都在迎接这些打了败仗的士兵。这群看上去有些奇怪的家伙,因为下了一整天毛毛雨而变得浑身湿透;他们的眼神和面庞看上去是那么陌生;他们极度疲倦、饥饿、憔悴,脚上都磨出了泡。善良的人们(也没有很多人),急急忙忙送上食物。他们生火烧水,准备汤羹和咖啡。他们在人行道上搭起桌子。马车运来了面包,他们麻利地将之切成小块。最先行动的,是两位上了年纪的女

士，她们优雅美丽，展现了这座城市的文化气质和魅力。她们带来大量吃的和喝的，用粗糙的木板临时搭起一个小桌子，站在上面分发食物。每隔半个小时，她们又从家里运来新的食物，不断地补充，就这样忙碌了整整一天。她们顶着白发在雨中默默地忙碌着，分发着食物，就算泪水不断滑过她们的脸颊，也从未停歇。在如此混乱拥挤的环境里，很多士兵竟然睡着了，这看上去有些奇怪，但还是深深感动了人们。士兵们倒在各个地方，有的躺在房屋前的阶梯上，有的躺在地下室或是栅栏边，还有的就直接躺在人行道或是街边的空地上，他们睡得很沉很香。一个可怜的男孩子，大概十七八岁的样子，躺在一座大房子前的门廊，他睡得如此安心，如此深沉。有的士兵在睡梦中依然紧握着步枪，有的是排着队睡下的，战友、兄弟紧挨着倒在一起。他们就这样躺着，雨水悄悄地淋在他们身上。

下午过去，傍晚来临，街道上，酒吧里，到处都是倾听者、提问者以及各种耸人听闻的故事奇谈。士兵们全都分散开来，隐藏在人群中。那些故事，还有说故事的人，各种吹牛、夸耀充斥着街头巷尾。什么决心，什么男子气概，此刻都离华盛顿远去。威拉德大酒店里到处是戴肩章的人。拥挤的人群，缓慢地移动着。我看着他们，真想和他们说几句话。你们这些戴肩章的家伙原来在这儿呢！但是你们的同伴呢？你们的士兵呢？无能！别告诉我什么战争都是要冒险的这种废话，在我看来，这次撤退是你们的杰作！在威拉德大酒店华丽的大厅、酒吧间或其他什么地方鬼鬼祟祟、自吹自擂、装腔作势，这些都无法为你们辩解。布尔伦河战役是你们的杰作！如果你们能珍惜你们的士兵，哪怕只做到一半或是十分之一，就不会发生这样的事情！

与此同时，在华盛顿，那些头头脑脑还有他们的追随者们也都陷入到一种惊恐不安、愤怒羞耻、无助麻木的沮丧之中。最坏的情况不是即将到来的，而是已经发生的。再过几个小时，也许就在下顿饭之前，那些支持南北分裂的南部将军们就会带着他们胜利的部队向我们逼近。那些不切实际的幻想，自夸的政府联邦军，我们曾以为他们是多么强壮，多么坚不可摧。瞧，现在的联邦政府好像瓷器一样不堪一击！多么痛苦的一个小时，多么苦涩的滋味！骄傲的美国人民在将来可能不会记起这样的一个小时。但此刻，时不我待，如不奋起反击，必将落荒而逃。国会山上那圆顶的国会大厦，那美丽的白色宫殿，在树丛掩映之下依然庄严肃穆，气势雄伟。是该留着它们让敌人来享用，还是干脆将它们全都毁灭？毫无疑问，那些头头脑脑、机关要员们，在布尔伦河战役之后的二十四小时无处不在，他们在华府进进出出，毫不伪装地叫嚣着，要向南部屈服，要让林肯下台。那些支持南北分离的官员和势力马上跟进，像拿破仑般，第一天就入驻华盛顿（甚至持续到第二天），用他们的方式掌控着局面，让北方军队归顺他们。那天晚上，我方一位从战场上归来的陆军少校，在一个拥挤的房间里，在一群官员绅士面前，公开表示，这场战争毫无必要，南方人早已亮明他们的目的，他们想让政府停止对他们的进一步阻挠，再一次承认他们的领导权力，并且提供让他们接受的最优惠的条件，他们说这是最好的处理方式。一大群官员绅士，对这样的判断竟然没有任何反驳。事实上，那样的一个小时，在后来的几次危机中又出现过三四次，在那动荡的四年里，有的人想要看到政府联邦军继续坚持下去，有的人却希望看到政府联邦军退缩忍让，似乎两种期许是一样多的。

那倒下去的力挽狂澜者

>

时间，日子，夜晚，就那样过去了。那样的时刻，那样的一天，那样的一夜永远不会再回来。就在当夜，总统振作起来，开始了他的工作。他坚定迅速地制定了一系列方案，重新整合兵力，摆正自己的位置，为将来运筹帷幄。如果历史要给亚伯拉罕·林肯留下什么印记的话，他在这场危机中的表现足以让未来的人们为之称道。他在那个时刻，他在那一天，挺住了！真是比胆汁还要苦的时刻啊！真是如同受刑的一天！但是他没有被击倒，他毫不畏惧，下定决心要让他自己和国家渡过难关。

接着，纽约各大报纸媒体迅速登场，就是从那个傍晚开始，一直持续到第二天早上，并且在后续的几天都不曾间断。各方领袖开始大声疾呼，嘹亮的军号吹响了，充满了各种鼓舞、希望、激励和反抗的决心。那些精彩的社论，前所未有地连续刊登了两个星期。最先开始的是《先驱报》，我还清楚地记得它所刊登的那些文章；《论坛报》同样强而有力，振奋人心；《大美晚报》还有其他一些主流报纸也不甘落后。这些报纸、这些文章来得正是时候，民众需要这些。因为布尔伦河战役，北方民众从原先的极度傲慢自信一下子跌落到忧郁恐惧的深渊。

南北战争的那段岁月，有两个日子我永远也忘不了：一个是在纽约和布鲁克林得知布尔伦河战役战败的那一天，还有就是林肯总统去世的那一天。这两天我都在布鲁克林的家里。总统被刺杀的那天，我们一早就听到了消息。母亲如同往常一样准备了早餐、中餐和晚餐，但是我俩一整天一口都没吃，只是分别喝了半杯咖啡，仅此而已。那一天，我们什么话都没说。我们买了一份早报和晚报，还有各种号外，默默地互相传阅。

前线生死

1862年11月21日，我在弗吉尼亚的法尔茅斯，就在弗雷德里克斯堡对面，我开始走访波托马克的各个战地医院。自从战争开始，拉帕汉诺克河岸一栋砖砌的大楼就被临时作为医院，我在这里待了很长时间。这里似乎只接收受伤最严重的士兵。门外，离大楼十来步地方的树底下，我注意到了一堆被锯掉的脚、腿、手臂、手等等，它们的数量可以装满整整一辆货运马车。还有几具死尸躺在旁边，身上覆盖着棕色的毛毯。门前庭院，靠近小河的那一边，全是新起的坟墓，大多数是军官的坟墓，

他们的名字被刻在破碎的枪管或是木板上，插在土里，那就是他们的墓碑（大部分尸体会有人认领，然后被运回北方的亲戚朋友那里）。大楼里，上上下下都十分拥挤，所有的一切都是临时搭建起来的，毫无系统可言，非常糟糕，但是我从不怀疑大家都已经尽力了。伤员们的伤情非常严重，有的还很吓人。他们身着破旧的衣服，衣服并不干净还混着血迹。有些伤员是来自叛军的士兵和军官。有一位来自密西西比的队长，腿部受了很严重的伤，我和他交谈了一番。他问我要一些纸，我给了他。三个月后，我在华盛顿又看到了他，彼时他一条腿没有了，但依然坚强地活着。我穿梭在各个房间，上上下下。有些人快要死了，访问时我什么也没能带给他们，只是帮他们写了一些信，寄给他们的母亲。我也和他们中的几个人聊过天，他们其实非常需要有人和他们说说话。

寒冷，痉挛和小夜场

>

12月23日到31日。最近一次战役的结果都在这里展示着，上千伤员躺在大大小小的战地医院里，每天都有几百名死去。这里只有帐篷，有时候还是非常破旧的帐篷。伤员们躺在地上，如果毯子下能铺上一层松树或铁杉的树枝落叶，那已经算是幸运的了。没有床，连床垫也没有。天气非常寒冷，地面都被冻得很坚硬，偶尔还会下几场雪。我走访了一个又一个伤员。有一次，我看到一个年轻人正在痉挛，他紧紧抓着我，我为他做了我所能做的一切。至少，在他需要的时候，我可以停下来，陪他坐几个小时。

除了去医院，我偶尔也会长途跋涉去不同的营地，和战士们说说话。有时候到了晚上，他们就在军营附近的灌木丛里生几堆火，一群群地围坐在火堆边。火堆周围是各种奇妙的小夜场，各色人物、各类小团体聚集在那里。很快，我就和营地里的军官将士们熟悉了起来，我也尽可能地发挥着自己的作用。有时候，我还会和最熟悉的一队士兵一起去放哨。关于粮食供给，目前看来，还都绰绰有余，大家都能吃饱，主要的食物是咸肉和压缩饼干。大部分士兵住在简易脆弱的帐篷里，还有一小部分士兵自己用木头和泥巴临时搭建起一个带火炉的小屋子。

给他们信纸和信封吧！

1863年1月。我和一些伤员离开了法尔茅斯。我们沿着阿维亚溪铁路线走了几天，然后到达码头，准备登上政府派来的轮船前往波托马克。车上和船上都有很多伤员。车子里就像一个公共的大平台。总共是十一二英里的铁路行程，日出之前，我们已经完成了大部分。守护道路的士兵们走出帐篷或是灌木丛，顶着凌乱的头发，睡眼惺忪。值班的士兵们全都恪尽职守，有的在我们前面的河岸，有的在更远处的铁轨边上，不停地来回走动巡视。路边驻扎着骑兵营。在阿维亚溪码头，聚集着等待回到北方的许多伤员。我在等待的三个小时里，一直往来于伤员之间。有几位伤员想让我捎些话给他们的父母、兄弟、妻子，我都一一做到了，事实上第二天一回到华盛顿我就把信寄了出去。我在船上的时候，手里全是信件。有一位可怜的士兵在北上途中去世了。

我现在仍然在华盛顿附近，每天走访各个医院。我经常出入专利局、第八街、后堂街、军械库广场还有其他一些地方，这些地方现在都变成了临时医院。我现在有了一点钱，也获得了一点经验，正在作为救济品分发员，做着一点善事。今天是星期天，从下午开始到晚上九点，我走访了坎贝尔医院，照料了一号病房里的一位年轻小伙子。这个小伙子叫拉塞尔，来自纽约第60部队E连队，是位农夫的儿子。他得了胸膜炎和伤寒，此刻无精打采、虚弱无力。有很长一段时间，他对什么都不感兴趣。在他的请求下，我写了一封信给他的母亲，他的母亲住在纽约马龙富兰克林镇。我给了他一些水果还有一两件别的物品，并把他的信装进信封里封好。接着我又去了六号病房，看望了那里的每一位伤员，我认为我没有遗漏。病房里大约有二三十人，我给他们每个人分了点水果和零食，比如橘子、苹果、甜饼干、无花果等等。

1月12日，星期四。这一天我大部分时间都是在军械库广场的临时医院里。我认真彻底地走访了F、G、H、I这四间病房，每间病房大约有五十位伤员。在F病房，我给每个人都发了纸和贴了邮票的信封，又给一小部分可以吃甜食的人分了一大罐上等的果酱。果酱是一位女士捐给我的，是她自己做的。我发现有些伤员想要一点钱，我也给了他们。这些伤员通常都破产了，虽然我只是给了他们一点点钱，但他们很高兴。我的纸和信封全都发完了，于是我又发了一些娱乐读物。我的判断很准确，香烟、橘子、苹果等果然很受欢迎。我在病房中遇到了几位有意思的伤员。19号病床的查理·米勒，来自宾夕法尼亚第53兵团D连

队，才16岁，是个十分聪明勇敢的男孩子，他的左腿膝盖以下被截肢了。在他隔壁床的，也是一位伤势严重的年轻人，我给了他们每人一些合适的礼物。其他床位，也有一位左腿被截肢的伤员，我给了他一小罐覆盆子。这间病房的一号床伤员，我给了他一点钱。还有一位拄着拐杖的士兵，他坐在自己的病床上……我看到军队里有那么多15到21岁左右的年轻人，这让我很惊讶。后来我才发现，在南方军队里年轻人更多。

同一天的傍晚，我去看望了拉塞尔，之前我曾提到过他。我看到他穿戴整齐，人也很精神，比之前明显好多了，真是值得庆祝。后来他恢复得很好，又回到部队里任职。我在病房里分发了很多信纸，还有差不多四五十封带邮票的信封。我必须增加存货，也急需人手帮忙。

你能想象受伤后留在战场五十个小时吗？

>

在专利局临时搭建的简易小床上，我见到了一位伤员。他想找个人说说话，我们欣然倾听。他在弗雷德里克斯堡那场战役中，腿部受了伤，非常严重，就是在11月13日——那个发生了太多变故的星期六。他连续两个日夜无助地躺在战场上，在两方军队和那些冷酷的炮火之间。他的战友不得已，只能把他留在那儿听天由命。更糟糕的是，他的头部朝着下坡的方向，无法动弹。五十个小时之后，双方休战，他和其他一些伤员被成功解救。我问他，那两个日夜，叛军就在附近，他就躺在那儿，叛军是如何对待他的，他们有没有走到他身边，有没有虐待他。他回答说，有几个叛军士兵时不时地走到他身边。有两三个人，一起过来的，嘴里骂骂咧咧地说着刻薄的话，但也就仅此而已。还有一位中年男人，十分仁慈，在战场上那些死伤的战士之间走来走去，提供力所能及的帮助。那位来自南方叛军的中年男人对我们的这位士兵非常友好，帮他包扎伤口，鼓励他，并且给了他一些饼干、水和威士忌，还问他要不要吃牛肉。这位善良的南方人没有移动战士的位置，说是害怕引起伤口血崩，那样势必导致血液凝结，血流不畅。那位中年男人的善举让我们这位战士非常感动，永生难忘。我们的战士来自宾夕法尼亚州，躺在战场上的那五十个小时真是煎熬，当时他的伤势非常严重。但是他一直保持着良好的心态，现在他正在慢慢恢复(以这样的方式被留在战场上的事情经常发生，被遗留一天、两天，甚至四天、五天的都有)。

痛苦和温情

写信。当条件允许的时候，我都会鼓励大家写信，有需要的时候我也会为他们写各种信（包括情书，很温柔的那种）。当我差不多一口气写完我的日记时，我又开始为另一位病人写信，那是写给他妻子的。这位病人来自康涅狄格州第17兵团，H连队。他2月17日刚从温德米尔角回来，被安置在军械库广场这儿的H病房。他看起来很聪明，带着外国口音，黑色的眼睛和头发，原本是希伯来人。他想发封电报给他的妻子，她在康涅狄格州的新迦南。我答应帮他传递消息，但是为了保险起见，我还是坐下来

给他的妻子写了一封信,并且立刻把它送到邮局。他害怕他的妻子会因为担心他而特地赶过来,他不希望她这样做,他坚信自己可以好起来。

1月30日,星期六。下午,我去了坎贝尔医院。正好赶上病房清洁,给病人们换干净衣服的场面。彼时,六号病房里的病人正在穿衣或是被穿衣,有的上半身裸露着,相互逗乐。衣服、内裤、床单,到处都是,这是在为星期天做准备。我给了其中一个病人50美分。

2月4日,星期三。我去了军械库医院,从D病房一直走到E病房,一个没落。我为有需要的人提供了纸和信封。和往常一样,我发现很多人要写信,于是我又写了很多信。我遇到两三位布鲁克林第14兵团的士兵,和他们聊了会儿天。在D病房，正好遇见一个可怜的家伙在接受手术，他遍体鳞伤，情况十分危急，手术正是要从他的伤口中取出一些骨头碎片。手术持续了很长时间，没有打麻药，极其疼痛。但这位战士在手术开始后一声没吭，并且硬撑着没有睡，尽管这看上去好像有点浪费时间。他已经以同样的姿势静静地躺了很久很久(不仅是几天，而是有几个星期了)，那棕色的脸庞，毫无血色，双眼透着坚毅——他是纽约兵团的一员。他的床边聚集了一群外科医生、实习医生以及护士，我觉得这是为了让整个手术以一种温柔的方式完成。我还看到一位妻子坐在丈夫的病床旁边，她的丈夫得了伤寒，情况非常危急。我还遇见一位母亲，她守在儿子身边。她告诉我，她有七个孩子，这是她最小的孩子。这是一位开朗、和善、健康、温柔的母亲，年纪不算很大，头上戴着顶帽子，穿着居家服，她给整间病房增添了温馨。我很喜欢E病房里的女护士。我注意到她在一位可怜的伤员身边守了很久，那位伤员旧疾未愈，早上又突发大出血，简直是雪上加霜。这位护士一直耐心地、温柔地帮他止血，当他咳出血时，她又拿布在他的嘴边接住。他实在是太虚弱了，只能将头歪向枕头一边。

病房里还有一位年轻的纽约人，他长着一张明亮英俊的脸庞，他在布尔溪战役中受了非常严重的伤，已经在这里躺了几个月。子弹从前面击中他，就在肚子下方，穿过膀胱，从后背穿出。他遭受了很多痛苦，连续几周，他的伤口都在慢慢地一点点地流着血和脓水，算起来他几乎一直都躺在一个水坑中。此外，他还遭遇了一些其他的不幸。他心地十分善良，目前恢复得不错，就是嗓子不太好。我给了他一些薄荷糖，外加一两个其他小物件，他还是很开心的。

“滑稽艺术”

2月23日。这是我一定要提到的，这是在专利局临时建起的医院。从几个星期前起，那高贵的华盛顿大楼的第二层就挤满了很多伤员和病人。不少挣扎在死亡边缘的士兵被送来这里，他们的伤势都很严重。他们被安置在三个非常大的套间里，我去过很多次。虽说病痛和死亡在整层楼里随处可见，但那情景却显得有些奇怪、严肃、庄重，甚至有种说不出的吸引力，让人有些着迷。有时候，我是晚上去安抚那些特别的病患的——那时候有些病人需要得到别人一些安慰后才能好好入睡。不

愧是专利局，两个宽敞的套间里全是高大笨拙的玻璃橱柜，柜子里挤满了各种器皿、机械和发明的模型，展现了人类头脑中的各种奇思妙想。橱柜里还有一些奇珍异宝和外国友人赠送的礼品。橱柜之间的边道，大概有八英尺宽，十分深邃，一些伤员被安置在了这儿。除此之外，走廊中央前前后后也长长地排着两排病床，这里的伤员大多伤势很重，刚做了截肢手术。那时候走廊正在举办一场画展，病床也放在那里。那确实是一个很奇妙的场景，特别是到了晚上灯亮起来的时候。玻璃橱柜，病人病床，成排列队地摆放在那儿，墙上是一幅幅艺术品，脚下是大理石地砖，大大小小的苦难和坚忍不拔都藏匿其中。有时候会听见那抑制不住的呻吟声，有时候是一个可怜的年轻人快要死了，他脸庞消瘦，眼神呆滞，已经奄奄一息，护士守在他身边，医生也在那儿，可是他的朋友，他的亲人，却没有一个在身边。最近，在这个专利局临时搭起的医院里，类似的场景还有很多。后来，伤员都渐渐从那儿转移，现在那儿又是空空荡荡的了。

月光下的白宫

2月24日。这几天天气晴朗，我到处漫步，有时是在月夜。今晚，我望着总统官邸，凝视了许久。白色的门廊，好似宫殿一般。又高又圆的柱子，像白雪一样无瑕，墙壁亦是如此。苍白的大理石淹没在柔和的月光中，呈现出奇特的、淡淡的、含情脉脉的影子，这影子可不同于普通的阴影。白宫周围笼罩着一片柔和透明的薄雾，朦朦胧胧的，像是悬在空中的镶着蓝色月光的蕾丝。一团团奇异的气体萦绕着正门、圆柱和门廊。一切都是那么的白皙，像大理石一样，如此冷淡、纯净、炫目又不失柔

STATE OF COLORADO
COLO RADO

和。这是未来诗篇中的白宫，是梦境中的白宫，是戏剧里的白宫。那华丽的大门，掩映在树丛之中，沉浸在月光之下，充满了现实与迷幻。白宫周围那些形态各异的树木，叶子已经落光，它们静静地矗立在那里，笔直的树干，繁复交错的树枝，一切都掩映在星空之下。这么梦幻的白宫，它属于这片土地，也属于这个美丽的夜晚。哨兵们身着草绿色大衣，不声不响地在大门和门廊之间来回走动。他们不会阻拦你，但会用犀利的眼神时刻关注着你的一举一动。

沉默的美国伤员

我想详细描述一次医院探访经历。在第七大街上，有一排兵营式的平房，那是坎布尔医院。医院平地而起，在铁路尽头。每个病房就是一栋长条形的建筑。我们走进第六病房。我目测今天那里收治了80甚至100号伤员病人，一半是生了病，一半是受了伤。这些房子只不过是用木板搭起来的，房子内部粉刷得雪白，所谓的病床就是细长的普通铁床，简单而狭窄。走过中间的过道，两边都是病床，病人的脚对着过道，头对着墙。大大的炉灶里生着一团团火，雪白的墙面上挂着各种装饰品，有星星，有圆圈，都是由常青植物做的，可以给人带来一些慰藉。病房内没有任何隔墙，病房里的一切尽收眼底。总的来说是安静的，时不时会有一些呻吟声或其他什么声音，那也是因为实在是疼痛难忍。空气里有一种无法表述的悲伤，这些苍白的面庞、呆滞的眼神、湿润的嘴唇足以表明一切。大多数病人或伤者明显是从乡下来的年轻人，比如说农夫的儿子之类。看看这些高大厚实的身子骨，那些清晰宽广的面庞，以及残留的可以证明他们曾经体格强健的证据。看看这些病人，以及我们美国伤员沉默的样子，他们此刻悲伤地躺在一起。各个地方的代表都有：新英格兰地区的，纽约的，新泽西的，还有宾夕法尼亚的，遍及美国各个州和城市，但来自西部的是最多的。大多数人在这里完全没有朋友或是认识的人。有时候，他们不得不一直单调重复地呕吐着，或是孤独地忍受着日益严重的伤口所带来的剧痛，但是周围没有一张熟悉的面孔，更不要说听到安慰或是鼓励的话语了。

想吃大米布丁的小伙子

\>

25号病床的这个小伙子来自康涅狄格州第27兵团，B连队。他的家乡在靠近纽黑文的罗福市。虽然还不到21岁，或者才21岁左右，他已经满世界地跑了不少地方，海上陆地上大大小小的战役也见了不少。我第一次看到他的时候，他病得很重，没有胃口。我要给他钱，被他谢绝了，他说他什么都不需要。因为我太想为他做点什么了，他才坦白说他很渴望吃到上好的家常大米布丁，他觉得没有什么可以比那更让他开胃的了。此刻他的肠胃非常虚弱。我问了医生，医生说营养对他来说比什么都重要，但是医院里的食物虽然比普通食物有营养，却让他反胃。于是，我迅速给小伙子找来了大米布丁。这是一位来自华盛顿的女士，在听到他的愿望后，亲自做的布丁，我第二天就给他送了去。后来，他告诉我，这个布丁让他坚持了三四天。这位小伙子正是美国东部年轻人的一个典型——一位典型的美国人。我很喜欢这个小伙子，给了他一个烟袋留作纪念。后来他收到家里寄来的一盒东西，其实也没什么，但他高兴得一定要和我一起吃晚饭。那是一顿非常美好而难忘的晚餐。

想与叛军决战的截肢男孩

>

在同一间病房里，有两个来自布鲁克林的年轻人，他们是纽约第51军团的。我在家乡的时候就认识这两个小伙子，所以他们和我很亲近。他们其中一位，手臂被截肢了，装了假肢后恢复得很好。去年12月，我看见他躺在弗雷德里克斯堡的战场，全身是血，那时候他的手臂刚刚被拿掉。对此，他倒是很坦然。他用剩下的那只手拿着饼干，使劲啃着，没有一丝大惊小怪。他会康复的，他还想着要去和南方的叛军决战呢。

勇士不分敌我

伟大的战士不仅仅存在于一方，另一方也有。有这么一位不知姓名的年轻小伙子，大概17岁左右。几天前，我在美国陆军部队看到了被送往秘书处的一些旗子，这些旗子都是战利品。有一位名叫甘特图的战士，来自俄亥俄第104志愿军，他展示了叛军的一面旗子。一位官员告诉我，这面旗子是被一位17岁的小男孩插到我们大炮的炮口上的，他竭力想阻止我们在铁路这边开炮。但是在努力的过程中，他被杀死了，这位旗手是被我们这方的人一枪打死的。

躺在夜雨中的码头

1863年5月。当我写下这些文字的时候，在胡克将军[①]的命令下，钱斯勒斯维尔战役中的伤员已经从血腥的战场上回来了。我陪伴着这第一批伤员。负责的那些人告诉我情况更糟的伤员还没有抵达。我对他们非常同情，因为眼前的这些伤员情况已经很糟糕了。你应该亲眼见见这些伤员在夜晚抵达第六大街街头的情景。前天晚上

①约瑟夫·胡克(Joseph Hooker，1814—1879)：波托马克军团司令，参加过美墨战争，在内战中成为少将，尽管在整场战争中立下赫赫战功，但他总是因在钱诺斯维尔战役中被罗伯特·李大败而被人诟病。

七点半，两艘小船满载伤员归来。八点过后，下了一场大雨，大雨持续了很长时间。黯然无助的士兵们虽然已经登陆，却只能胡乱地躺在码头附近。这场雨似乎是在感激他们，但他们都只能暴露在雨中，只有几个手电筒在闪闪发光。环顾四周，码头上，地面上，边边角角，大家横七竖八地躺在毯子上或是旧被子上，带血的布条缠绕着头部、手臂和腿部。护理的人不多，晚上外面的人也不多，只有一些辛苦工作的运输工人和司机。受伤的人将变为平民，人们对此也越来越麻木。大家伙儿，不论伤势如何，都躺在那里，耐心地等待着被领走。就在附近，救护车成群结队，簇拥而至，一辆接着一辆，相互支援，运送着伤员。一些伤势严重的需要用担架抬着。无论伤势如何，大家都尽量避免添麻烦，虽然偶尔还是会听到一些抑制不住的呻吟声以及伤员被抬进救护车时疼痛的尖叫声。今天，我在写下这些文字的时候，这里差不多有上百号伤员，明天、后天以及接下来的许多天，还会有更多的伤员被送到这里。每天都会有差不多1000名左右的伤员抵达。

月夜下的疯狂

5月12日。钱斯勒斯维尔战役是最近的一次战役，也是弗雷德里克斯堡的第二场战役。战役发生在一周前的一个星期六，从白天开始，一直打到晚上，直到星期天才结束。两天一夜的战役，全是由胡克大将军指挥，我想在这里只能粗略地描述一下。战争好似海上狂虐的暴风雨，一点点迹象就已经足够，想要知道全部细节是不可能的。那场战斗在白天打得非常激烈，持续了好半天才停歇了一会儿。晚上又接着打，激烈的战斗一直持续到第二天凌晨三点。那个星期六的下午，南方军斯通威尔·杰克逊将军突然发动一场猛烈的袭击，使得南部叛军获得了优势，冲破了我方防线。他们就像楔子一样深入我方部队，并在黑暗中布局。但是晚上十一点的时候，胡克将军进行了一次绝地反击，将那些南部分裂分子又赶了回去，重新建立起我方原先的防线，继续原有作战计划。这一夜，混战非常激烈，一幕幕难忘而恐怖的画面在战火中接连上演，数之不尽。这场战役的战场覆盖了钱斯勒斯维尔和弗雷德里克斯堡东北部。据说，我们北方军表现欠佳，有人临阵脱逃。我没有理会这些，我想到的是那些大多数奋起而上勇敢向前的战士们。塞奇威克将军率领他的第六军，在36个小时里已经冲锋陷阵四次，他们与敌军殊死搏斗，即使在最绝望的境地也依然坚持着，最后为了避免全军覆没，不得已才撤退。尽管伤亡惨重，但主要军力却得以保存。他们咬牙穿过了拉帕汉诺克河，差点葬身河底。最后，大多数人侥幸逃脱，但依然有很多战士不幸罹难。不过，英勇的战友们不会忘记他们，最后一定会为他们报仇，而且是狠狠地报仇。

这仅仅是星期六的傍晚，我想特别描述一下那天夜里还有星期天早上的战况。大多数战斗是在树林里进行的，涉及范围很广。这一晚的景色很美，偶尔露出的满月，清明透亮。大自然里一切都是静悄悄的，初夏的青草、树木等植物正旺盛地生长着。然而，战争还在激烈地持续着，很多善良的人们无助地躺在那里，又不断地有新的一批加入他们。每一分钟都是枪林弹雨，都是大炮轰鸣(其实只有一尊大炮)。那嫩绿的还滚着露珠的草叶上溅满从脑袋、从身体、从四肢迸出的猩红的血液。树林一片接着一片着火，几位受了伤的战士因为无法移动只能活生生地被大火吞噬。火势大面积蔓延开来，也烧着了死去的士兵：有些人的头发和胡子被烧着了；有些人被烧得面目模糊，四肢俱残，衣服上全是破洞。大炮轰鸣如愤怒的怪兽，迸出的火花伴随着浓浓的火焰与浓烟。激战之下，明亮的火焰让交战双方几乎能在漆黑的夜色中看清对方。双方人马冲刺着，呼喊着，短兵相接。每当听到敌军在呼喊，我们的战士又立刻大叫着回应，特别是当他们看到胡克将军也在他们当中的时候。双方士兵一个一个几乎是近身肉搏，每一方都坚持着，像着了魔一样的勇敢、坚定，南方叛军的声势经常盖过我们。无论多么伟大的诗篇都无法描述此刻壮烈的场面。树林中的大火依然在熊熊燃烧，很多人不仅是被烧着了，更是因为无法移动，就这样被活活烧死了。

接着是满营地的伤员。我的天啊，那是怎样的场面！人性何在？还是说这里只是屠宰场？有不少伤员，他们就躺在那儿，两三百号伤员，成片成片地躺在树林中的空地。呻吟声、尖叫声不绝于耳。血腥味混杂着夜晚，掩盖了芳草和大

树原本清新的味道。这简直就是一个屠宰场！幸好，他们的母亲、他们的姐妹都看不到这一切。这样的残忍场面，她们没法想象，也永远想象不到，更无法经历得起。一位战士被炮弹击中了手臂和腿，被截了肢。那儿还躺着一些无法医治的伤员：他们有些人的腿被炸飞了；有些人被子弹射穿了胸膛；有些人的脸上、头上都有可怕得难以描述的伤口，不是少了一块，就是被撕裂，或是被挖了一块；有一些是腹部中枪；伤员中有些还只是小孩子。南方叛军中有不少人也是伤得很严重，他们和其他人一样等着接受治疗，而外科医生对他们和对我们的士兵一视同仁。营地里满是伤员。如此支离破碎的夜晚，如此血腥的战场，也只有那又大

又圆的月亮能依然若无其事地出没在云间，温柔安静地闪耀在天际。树林中，伴随着婆娑树影的是游离的灵魂和痛苦的呼喊声。林子里虚无缥缈的芬芳，混杂着刺鼻的浓烟，一切的一切都令人窒息。月光皎洁，从天际洒向大地，如此平静而沉着。天空好似天国般高高在上，又如同海洋般浩瀚辽阔，时而清晰时而模糊。有那么几颗大星星平静地挂在空中，似乎是有些疲倦，不一会就消失了。天上，地下，如此阴郁的夜晚。在另一边的马路上、田野中、树丛里，情景也是一样。没有比这更让人绝望的时代或是土地了，对阵双方现在都是大举进攻，规模浩大，没有想象中那么壮烈，但也并不是随便玩玩。他们野蛮地激战着，像着了魔一样地在战斗。士兵们一个个英勇万分，视死如归，无一例外。

谁能知道历史将怎样来描绘这场疯狂决绝的战斗。对阵双方各自分散成大大小小的分队，就这样从头到脚，孤注一掷，奋不顾身。谁又能知道，在这场战争里，很多近身肉搏都是在黑暗中进行的。在那月影朦胧的树林里，一群群，一伙伙，扭打在一起。叫喊声、喧嚣声、手枪炮弹的爆破声、远处大炮的轰鸣声，混杂着欢呼声、嘶喊声、威胁声、宣誓声，难以言表。长官们的命令、劝诫、鼓励无不激发起心中的魔鬼，士兵们大声呼喊着，冲啊，冲啊。伴着熊熊火焰，一片刀光剑影！回头望一眼那破碎、清澈多云的天空，银色的月光又一次温柔地洒满大地。黄昏的惨淡，谁能描绘？胡克将军所率领的第三军团第二师，无人能敌，却突然接到命令要他们北上，这谁又能描绘？又有谁知道阴影中那暗自流动的、稳步前移的是什么？到底是为了挽救军队的名誉，还是为了挽救这个国家？老兵们最终还是守住了战场。我认识的那位勇敢的贝利没有在这场战役中倒下，但是死神已经标记了他——不久之后，他还是战死在了沙场。

芳草萋萋，归葬何处

>

我想说，谁会去记录战场上发生的所有故事？太多太多的故事，又有谁能够记下？其中，那些未被载入史册的英雄们，那些成千上万北方军的南方军的勇士们，他们奋不顾身地战斗，最后战死沙场，可这一切又有谁知道呢？所有勇敢的战士，还有他们的英勇行为，这些都不会成为历史，没有诗歌称赞，也没有音乐歌颂。官方的正式报告，图书馆的书籍，报纸上的专栏，都不会提及这些勇士，无论是哪里来的勇士，南边的北边的，或是东边的西边的。那些勇敢的战士，一直都是无名无姓，默默无

闻。我们的英雄们，我们的男孩子们，我们坚强的、亲爱的人儿啊，没有文字去记载去描述他们牺牲的画面。很有可能，最典型的一个例子就是这样的：

他匍匐在灌木丛或是草丛中，受了致命一击。他坚持了一会儿，鲜血浸透树根、青草、土壤。战斗开始了，又结束了。双方飞快地转移，横扫而过，而他就躺在那里，偶然能感受到疼痛与折磨。最后，不知从何处刮来一阵死气沉沉的风，如同蛇蝎般缠绕着他。而他死不瞑目，却也没有挣扎。也许，休战一周之后，会有埋葬队来搜寻，但他们不会搜到那些隐蔽的地方。最后，我们这位最勇敢的战士，在那里与大地母亲融为一体，没有人将他埋葬，也没有人知道他是谁。

这个典型毫无疑问可以代表成千上万这样的战士。

挣扎在生死边缘

>

6月18日。我在一家医院里找到了托马斯·哈利，他是纽约第4部队M连队的一名骑兵，是一个寻常的爱尔兰男孩，充满了男子气概。他肺部中枪，快要死了。他从爱尔兰来到这个国家，应征入了伍。他在这里举目无亲。此刻，他正在熟睡，但我知道这是死亡的睡眠——他的胸膛之上有个弹孔直穿肺部。三天前，托马斯被送到这里，那是我第一次见到他。当时医生的判断是他活不过12个小时，如果只是不经意地看一眼他的脸，你会觉得他很健康。他躺在那里，为了凉快，上身裸露着，展现出健壮的体格，战场上的烈日将他的双颊和颈部晒得棕黑。我没办法和他说话，因为他伤得太重了。他们给了他一些兴奋剂，这让他看到的一切都是扭曲的，包括人脸、家具等等，在他眼里都很奇怪。可怜的家伙，即使清醒的时候也像是一个受到惊吓而害怕的小动物。大多数时候，他是睡着的或是半睡着的。我常常悄悄地来到他的身旁，坐在他的床边，看着他平稳而安静地呼吸着，好似婴儿一般。可怜的年轻人，这么英俊、健壮，毛发浓密。有一次，他在熟睡，我就坐在那里看着他，他突然醒了过来，毫无预兆地猛地睁开双眼，意味深长地看了我一眼，然后转过脸，眼神放松了下来。那一眼，是那样的悠长、清澈、安静，好似一声轻叹。接着，他转过身又睡了过去。这位可怜的、在死亡边缘挣扎的男孩，他并不知道，一个陌生人正在为他担忧为他牵挂。

来自新泽西第2部队第F连队的W. H. E，他得了肺炎。在被送到这里之前的七八天的时间里，他虚弱地躺在阿维亚溪下游那个条件恶劣的战地医院。他被他所在的兵团派往那里当护理人员，没想到自己却先倒下了。这是一位上了年纪、面色枯黄、满头银发的老人，老伴已经过世，有几个孩子。他很想喝一口上好的绿茶。华盛顿来的W夫人，真是个大好人，很快就给他寄来了绿茶，还附了一些钱。医生说只要给他一些茶，他就很开心。茶就摆在他床头的桌子上，他每天都要饮用。他睡得很多，耳朵有点聋，不怎么说话。他在军械库医院一号病房的第15床。上面提到的W女士，同样也是给大家寄来一大包烟草的那位。

J. G躺在一号病房第52号床，他来自宾夕法尼亚第7部队B连队。我给了他一点钱，一些烟草，还有一些信封。我也给了隔壁床的病人25美分。当我给他的时候，他的脸一下子红了，刚开始一直表示不要。我发现他身无分文，并且喜欢每天读报，于是就坚持让他收下。他虽然没说什么，但看得出来，他很感激。

来自新罕布什尔第9部队F连队的J. T. L躺在一号病房第37号床。他非

常喜欢抽烟，我给了他一些烟还附上一些钱。他双脚溃烂，情况很糟糕，不得不截去三个脚趾。这是一个典型的新英格兰乡下人，有些土，有些粗鲁，但十分热情，他给我的印象就像是被烧焦毛的猫一样，本质优于外表。

军械库医院E病房3号床的这位病人特别想吃咸菜，想吃一些刺激的东西。询问医生之后，我给了他一小瓶辣根，还有一些苹果，外加一本书。这里有些护士真的很棒。我非常喜欢这间病房的一位女护士——怀特女士。一年之后，我在亚历山大市的民信大厦医院又见到了她，她真的是一位非常优秀的护士。

还有一张病床上，躺着一位年轻的小伙子，叫马库斯·斯莫尔，他来自缅因州第7部队K连队。他得了痢疾和伤寒，非常严重。他很喜欢和我聊天，他告诉我，他觉得自己会死。他的状况看上去确实不容乐观。我帮他写了封信寄回家，他的家在缅因州的利弗莫尔。我让他和我少说一些话，不要说太多，并建议他保持冷静，主要让我来说。我一直和他说着话，他一直抓着我的手。我说得很兴奋，但说得很慢很轻，生怕影响了他。我谈到了他的休假问题，谈到等他好起来就可以回家了。

托马斯·林德利是宾夕法尼亚第1部队的一名骑兵，他的一只脚被枪击中了。可怜的年轻人，遭了很多罪，不得不一直服用吗啡。他面色灰白，眼神有些呆滞，但双眼睁得很大。我给了他好大一袋苹果，放在他能看见的地方，告诉他感觉好一点，能吃早饭的时候，可以早上烤个苹果吃。我帮他写了两封信。

病房里，一位年迈的母亲正守在儿子身边，一身贵格会教徒的打扮。她的儿子叫艾莫·摩尔，是联邦第2部队的一名炮兵。两周前，他的头部被枪击中。他说话声音很轻，头脑还算清醒，但是臀部以下已经瘫痪。他肯定会死去的。我每天白天和晚上都会和他说会儿话，他总是高兴地应答着。他什么也不需要。我刚来这里的时候，他就告诉了我他家里的情况，他的母亲身体不好，他不想让她得知他现在的状况。后来，他母亲还是来到医院，可是不久之后，他就去世了。

最好的鼓舞

>

我去医院探访的经历，让我发现其实这是一件非常简单的事情。当你出现在病房的时候，那就是一种激励，一件让人高兴的事情。我发现，我的出现能成功地帮助并鼓舞很多人，这比医疗、美食、礼物、金钱或是其他东西更加有效。在战争期间，我一直保持着一个健康的身体。我的习惯是，只要条件允许，每次出门探访前，都要花上两个小时甚至四五个小时的时间好好地休息一下，洗个澡，穿上干净的衣服，好好吃一顿饭，然后尽可能表现得愉快些。

悲情的救护车列队

6月25日，日落时分。坐下来写这段文字时，我看见一长列马车驶过，全是四匹马拉的大马车，约摸有三十多辆，全是救护车，里面装满了伤员，朝着第十四街的方向驶去，估计是要前往哥伦比亚、卡弗或是普莱森特山那里的医院。这也是伤员们来时的路，这样悲情的长队已经出现了不止一次。在刚刚过去的冬天，我方部队驻扎在弗雷德里克斯堡对面，那时候，一长列救护车队经常出现在第七大街沿线，从蒸汽船码头出发，一路缓行，满载阿维亚溪战役中受伤的伤员。

触目惊心的伤口

>

士兵们基本上全是年轻人，美国本土人士所占的比例比想象中还要多——我估计有百分之九十都是美国本地人。我发现钱斯勒斯维尔来的伤员里有很大一部分来自俄亥俄州和伊利诺伊州。和往常一样，伤员们伤势各异。那些被炸弹炸伤的伤势尤为严重。有间病房长长一排躺的都是军官，有些人的伤口触目惊心。昨天的状况可能比以往更加恶劣。截肢手术一个接着一个，护工们帮着给伤者穿衣服。你要是路过，一定要对眼前的场景有个心理准备。有一次，我遇到一位绅士，

显然他是出于好奇才来探访医院里的伤者。他走到一间病房，病房里的一位伤员伤得很重，医生们正在研究他的伤口。那位绅士只是看了一眼，就突然脸色苍白，一会儿之后就昏厥过去，摔倒在地上了。

凯旋归来

6月29日。太阳落山前的傍晚，一支阵容很大的骑兵军队路过，非常惹人注目。很明显，这支队伍刚从战场上回来。首先出场的是一支由16人组成的骑着马的乐队，有吹军号的，有打军鼓的，有拍铙钹的，他们演奏了一曲又一曲狂野的战争之歌，我的心也随之震颤。接下来是首长们，再然后是一排又一排连队的士兵，大家都昂首阔步。毫无疑问，他们是整支列队的主要部分。紧随其后的是一长列骑兵，有很多黑人，还有一长串的行李货车，行李货车由四匹马牵引着。最后是鱼龙混杂的后卫队。显然,这是一场欢乐的军事展示。军刀叮当作响,大家看上去是如此年轻、健康、强壮。石子路上,电气车运送着众多战马,马鞍精美,雄壮华丽。还有那一千多名英俊的年轻美国士兵,每个人的脸上都洋溢着笑容,眼睛明亮有神,让人感觉好极了。一小时之后,又有另一队人马走过,数量小一些,大概300多人。将士们看上去全都孔武有力,必是可以在战场上有一番作为的人。

7月3日。今天上午,又有几支长长的列队骑兵走过,整个过程持续了一个多小时。大概有几个兵团,士兵们和马匹全都神采奕奕。我看见他们从第十四街北边走进城里。还有几百匹额外的马,有些是小马队。这样的场面多么激动人心。我们年轻的士兵骑着马,英姿飒爽。他们高兴地坐在马鞍上,毛毯行李等卷成一捆放在身后,叮当作响的军刀挂在身旁。这些声响、动作以及马蹄零乱的步伐引起了我的好奇。军号已经响起,听上去好像离得很远,有些虚弱,而且还夹杂着其他声音。就在他们走过不久,一列救护车队又从另一边驶过来,缓缓地朝着第十四街北边驶去,想必是载着满满的伤员,驶向各个医院。

庆祝葛底斯堡战役大捷

>

7月4日。今天的天气总的来说还是晴朗温暖的。因为昨夜下了一点小雨，空气非常清新，没有灰尘，对于这座城市来说也算是一种极大的安慰吧。中午的时候，我观赏了阅兵游行。就在宾夕法尼亚大街，从第十四街一直到国会大厦，有三个步兵团的兵力，除此之外，还有一个列队的警察，估计是在附近巡逻侦查的。这场阅兵其实是在给战士们增加毫无意义的负担，要知道他们已经够辛苦的了。走在大街上，我看到报社门口的布告栏上贴着一幅很大的海报，上面写着"胜利是属于北方联邦军的"。昨天还有前天,米德将军[1]在宾夕法尼亚的葛底斯堡打败了李将军,俘虏了三千敌军,这让他声名大噪。我曾看见过米德将军本人,是在某次他和总统议事后,整装待发之时。彼时,他神情严肃而不失谦逊,正挥手向最高法院致意,并号召大家都这么做。下午的时候,我来到军械库医院,随身带着几瓶黑莓和樱桃糖浆,它们味道香浓而纯美。我探访了几间病房,向战士们宣布了米德将军战捷的好消息,并给他们每人都倒上一杯对着糖浆的冰水,这个很提神。黄昏时分,华盛顿的钟声响起,这是为了纪念美国独立日——7月4日——而响起的钟声。病房里,我们的男孩子们还是和往常一样,拨弄着手枪和饼干。

① 乔治·戈登·米德(George Gordon Meade,1815—1872):美国陆军少将,曾参加过第二次塞米诺尔战争、美墨战争和美国南北战争。

骑兵营

当我写下这些文字的时候，已临近日落，刚刚落过一场雨。一支负责通讯的骑兵连队正在我家对面的山丘上安营扎寨，看样子是打算在此过夜。从我屋里的窗户正好可以望见他们所在的地方。骑兵们全都从马背上下来了，他们穿着同样的黄色条纹夹克衫。暂时获得解放的马儿们，低着头，舔着嘴，它们将分批去饮水。大大小小的帐篷一个接着一个很快就搭建好了，火也生起来了，锅子和水壶已经架在上面。我看到无数匹战马，大捆大捆的干草，数不清的将士(有的人身上还佩戴着军刀)，一堆堆木材，一团团火焰，一副副马鞍马具，还有许多其他东西。烟雾缭绕中，又一群人来到这里。他们从马上跳下来，把马拴在木桩上，片刻未停歇就开始干活。有的人拿着桶打水，有的人拿着刀砍柴，忙得不亦乐乎。

7月6日，今天下了些小雨，天色有点灰暗，空气厚重而温暖。六辆货船接连驶过，每一辆都拖着浮船，就是那种底部是方形的平底船，船上铺着厚厚的板材。我们听说波托马克河洪水泛滥，心想李将军想要过河撤退恐怕没那么简单，正好借着机会让米德将军将他们杀得片甲不留。驻扎在山上的骑兵营一直是我观察的目标。今天上午，许多马一起被拴在了一起，马儿们滴着水，呼着气，咀嚼着干草。从帐篷里走出来的人，也滴着水，营地里一半的火焰都被熄灭了。

7月10日，我依然在窗边望着对面的骑兵营，那里现在大概有五六十顶帐篷。有的人在擦拭军刀，有的人在洗鞋子，有的人在烧饭，有的人在睡觉，还有的人什么都没做，就在那儿读书写字。帐篷背后长长的一排摆着骑兵们的行囊，主要是毯子和大衣，全都被晾在空中。马儿三五成群地拴着，一边吃着草，一边不停挥舞着尾巴驱赶苍蝇。我就坐在我三楼的窗户边上，默默地观察着，久久不愿离去。大大小小的事物映入眼帘，都是和军旅营地相关的，有些无法用语言来描述，只是适时地存在着，也不需要语言的修饰和描绘。

听我读《新约》的奥斯卡

7月22日下午，我花了很长时间和奥斯卡·F·威尔伯待在一起，他来自纽约第154部队G连队。他得了慢性腹泻，除此之外还受了很严重的外伤。他让我给他读《新约》，我同意了，问他想听哪一段。他说，“你来选吧”。我打开了第一本福音书，翻到后面，读了一段描述耶稣死前及耶稣受难场景的片段。这位可怜又虚弱的年轻人让我再给他读一读关于耶稣重生的章节。奥斯卡很虚弱，我读得很慢，这让他很受用，他的眼里噙满泪水。他问我是否喜欢宗教，我说：“不怎么喜欢，但亲爱的，

我明白你的意思,我想表达的意思也是一样的。”他说:“宗教是我现在主要的支撑。”他谈到了死亡,他说他不再恐惧死亡。我说:“奥斯卡,你为什么不想想自己好起来的那一天呢?“他说:“可能会好起来吧,虽然希望渺茫。”他镇静地向我述说着他现在的状况。他的伤口非常糟糕,不断有液体流出来。腹泻让他更是虚弱无力,我甚至觉得他每次腹泻之后就像快要死了一样。然而,他的言行举止充满了男子汉气概,很是招人喜欢。临走时,我给了他一个吻,他则回吻了我四次。他把他母亲的地址给了我,他的母亲莎莉·威尔伯夫人,住在纽约卡特罗格斯镇阿利甘尼街道。我和奥斯卡只见过几次面,几天之后,他腹泻而死。

最美不过如此

8月8日。今晚,我来到军械库广场的临时医院,守护一位受伤的士兵。隔壁病房传来的美妙歌声将我深深吸引。我尽量保持冷静。当我守护的士兵熟睡后,我才悄悄离开,走进飘来歌声的病房。我走到病房中央,坐在一位年轻的布鲁克林小伙子的床边。小伙子名叫S. R,他的手在钱斯勒斯维尔战役中受了很严重的伤,人也遭了很多的罪,但是在这个飘着歌声的傍晚,他放松了许多,意识也很清醒。他翻了个身,把脸转到左边,想更加清楚地看着唱歌的人,但是床边的蚊帐模糊了他的视线。我上前一步，将蚊帐撩开，以便他更加清楚地看到表演。然后，我又一次坐到他的身边，和他一起欣赏演出。主唱是一位年轻护士，她一边唱歌一边拉着手风琴伴奏，其他病房里的几位护士给她伴唱。她们坐在那儿，身子随着音乐摇摆。多么可爱的一群小姑娘，她们个个长得标致，身后站着十多个处在康复中的士兵。好一群年轻的小伙子！好一群年轻的小护士！他们手捧着唱本，齐声歌唱着。当然，这不能和纽约歌剧院里的独唱相媲美，但我也不确定，因为此刻，我坐在这里，此情此景给我带来的愉悦不亚于我听到的那些世界知名的演唱家所演绎的意大利经典曲目。伤员们躺在病床上，有的身负重伤，有的可能永远也站不起来了。灯光下，病床上白色帷帐的阴影，高高低低地映在病房的上上下下。美妙的歌声，盘旋上升，飘向那粉白的木质屋顶，然后又悠悠地折了回来。他们唱的多数是些有趣的小调，也有慷慨激昂的圣歌，跟随着伴奏，美妙极了。听听这首：

我是一个陌生的朝圣者，
日子一天一天地飞快消逝，
痛苦和危险，
也不能阻挡匆匆时光。
我们站在约旦河岸，
朋友们一个个路过河滩，
就在刚刚，
我们差点发现那闪闪发光的彼岸。

亲爱的兄弟同胞们，

我们整装待发，
远方的家乡在召唤。
首领不在却留下话来，
每一盏灯都要点亮。
我们站在约旦河岸，
朋友们一个个路过河滩，
就在刚刚，
我们差点发现那闪闪发光的彼岸。

林肯的忧伤

\>

8月12日。我几乎每天都能看见总统，因为很巧，我住的地方正好是他回城外住所的必经之路。天气热的时候，他从来不在白宫过夜。他住的地方，就在城市北边三里左右的“士兵之家”，那是美国的一个军事基地。今天早上大概八点半的时候，我看见他骑着马，正经过L街道附近的佛蒙特大街。他的身边总是有二三十个骑兵相伴，每个骑兵都挺直了腰杆，把佩剑扛在肩膀上。据说，总统本人并不希望这样，但他尊重他的军事官的意见和安排，还是依从了。一行人没有浮华的制服和马匹，绝不耀眼。林肯总统的坐骑也只是一匹普通的、高大而温顺的灰马。他本人穿得也简单:他身着一件略显陈旧的黑色上衣,头上戴着一顶黑色的圆顶礼帽,整个人的装束与平常人无异。总统左侧,是系着黄色皮带的一名中尉,紧随其后的是骑兵,他们穿着黄色条纹大衣,两两并肩而行。他们步伐缓慢而统一,佩剑和衣服上的挂件碰撞在一起,叮当作响,除此之外没有任何修饰和排场。当走到老佛爷广场的时候,也没有引起轰动,只有几个好奇的陌生人停下脚步看了一会儿。我可以非常清楚地看到亚伯拉罕·林肯的相貌——深褐色的脸庞,轮廓分明,眼神坚定,在我看来,他的神情中隐隐透着一股忧伤。我们四目相会,礼貌地相互躬了躬身。有时候,总统出行是坐着敞篷的四轮大马车,骑兵们总是佩剑伴着他。我注意到他经常傍晚出行,有时候是在早上。如果他回来得早,他会拐到K大街,去国防部长家开个会。如果他是坐着四轮马车,我从屋里的窗户可以看到他坐在车里没有下车,等着斯坦顿[1]先生出来和他一起。有时候,他十一二岁的儿子骑着一匹小马,伴在他右侧。今年初夏,我偶尔在傍晚时看到总统和他夫人乘着四轮马车在市里闲逛。林肯夫人身着一袭黑色服饰,戴着长长的黑色面纱。马车极其简单,除了两匹马再无其他装饰,马也是很普通的马。有一次我正好和他们离得很近,他们走得很慢,所以我可以非常完整地看到总统先生的脸庞。彼时,他沉思深邃的眼神正好撞上我的目光,于是他微笑着躬了躬身,但在那笑容的背后,我充分地觉察到了之前说过的那种忧伤。没有哪位画家或是哪幅画可以准确抓住并描绘出他脸上这深邃、微妙、隐晦的表情。他的表情里还有一些其他东西,若是在两三个世纪前,也许还能有某位伟大的肖像画家能把它描画出来。

① 当时的国防部长。

“女王”镇定下来

最近天气酷热难当，这样的天气已经持续十一天了。我出门的时候，总要带上遮阳伞和扇子。昨天我看到两起中暑事件，一件是在宾夕法尼亚大街，另一件是在第七大街。市铁路公司每天都会有一些马匹走失。今年八月的华盛顿异常热闹，也许这是建都以来最有活力最让人满意的夏天了。也许是因为相比以往，今年城里有了更多紧张激动的情绪，也有更多制造这些情绪的人们，有了更多事情，也有了更多的无忧无虑。我方军队迅速从弗雷德里克斯堡突围，一路前进，挣扎、战斗，在葛

底斯堡又与对手周旋纠缠了许久，之后改变方向，再次突围，然后返回。不论他们是前进还是撤退，都没有危及到这里。华盛顿感觉她已经渡过最糟糕的时期，感觉她从此以后就是个女王。所以她稳稳地坐在这里，荷枪实弹，与周围的山丘为伴。她非常清楚自己现在的身份和地位已与五六周之前不同，所以她更加愉快，也更加骄傲了。

真正的意义是什么？

士兵们，士兵们，士兵们，在这座城市的各个地方都可以看到他们。他们虽然身体伤残，军服破旧，拄着拐杖，但看上去还是很优秀。我经常和他们交谈，有时候，如果时间充裕，我能和他们聊上很长时间。比如，一位士兵告诉我，他在麦克莱伦将军[1]的带领下穿过整个半岛。他谈到很多战斗中或是行军中变化多端让人措手不及的事情，还说了许多官方报道中没有记录的事情。这些确实

① 乔治·布林顿·麦克莱伦(George Brinton Mcclellan, 1826—1885)：美国军事家，在南北战争第一年整编军队，成绩卓著，被誉为"小拿破仑"。

是最真实、最宝贵的资料。那位士兵行军打仗有两年时间，参加过大大小小的战役十几场，他可以滔滔不绝地一直说下去，虽然他只是和我说了一点点，我已感受到了精华。这让我为之一振，这些努力、聪明、悟性高的美国年轻人，他们的青年时代是以士兵身份度过的。当事人的亲身讲述及其意义远比任何书本上的记录都让人感动。参加战斗的每一个人身上都有故事，这让他们变得崇高。特别是有些人，当你想让他们说点什么的时候，他们总是很平静，很从容，很淡定。我没有发现有哪位年纪轻或是年纪大的美国士兵吹嘘自夸，这让我一直很困惑，甚至有点不解。我和他们聊到美国的各个地方，很多涉及到河流还有港口。我发现北方军里有来自各个州的人，每个州都有，无一例外，其中不乏很多南方人，特别是边界州的人，他们加入北方军的人数比我们想象中要多[①]。 我还发现有的人参加了战争开始后的每一场战役。现在，我开始试着理解，但也怀疑其他人是否能理解：这场战争的真正意义何在？什么是真正的美国？美国的特征又是什么？如果没有这些经历，你是没办法完全明白的。

①原注：加菲尔德先生（众议院议员）在1879年4月15日说道："大家是否知道（除去所有的边界州），我们的军队中有五十个兵团七个连队的白人士兵，他们原本为美国联邦而战，后来都投靠了叛军？这些投靠叛军的人们，他们是否知道从肯塔基这个州开始，我们的兵力就超过了拿破仑当年在滑铁卢战役中的兵力，更是超过了惠灵顿当年打败拿破仑的兵力？他们是否知道有十八万六千名其他族裔的人也站在我们这一方，为美国联邦打败叛军而战，而他们中有九万人来自南方叛变州？"

冷漠像一层阴郁的霾

黑暗血腥的1863年，还有着另外一面，这是我在探访军械库广场医院中发现的。那是一个炎热却不失舒适的夏天，在H病房，我们走近一位年轻中尉的床边，他来自威斯康星州兵团。我们轻轻地踩着地板，生怕打扰了这位正在忍受疼痛，大口呼气，挣扎在生死线上的军人。中尉刚从钱斯勒斯维尔战场送来的时候我就见过他，后来的许多个日夜我也偶尔陪伴过他。他的状况一直不错，可前天晚上，他突发大出血，无法止住，现在情况依然很糟糕。我注意到他床边有个水桶，里面满是鲜血和染了血的纱

491

布。这足以说明一切。这位可怜的年轻人正在痛苦地挣扎着、呼吸着，他乌黑的眼睛有些呆滞，人感觉快要窒息了，但喉咙依然可以发出声音。他的身边坐着一位护工，将陪伴他到最后一刻。事实上，一切都无法挽救，一两个小时之后，他就会死在这里，没有亲朋好友在身边陪伴。与此同时，病房里的一切与平日无异，聊天谈话也正常进行着，有的人在乐呵呵地开着玩笑，有的人在玩西洋棋和纸牌，还有的人在看自己的书。

我注意到，在大多数医院，人们只要有一点希望，就不会放弃；哪怕病人的情况再糟糕，医生和护士都会全力抢救，有时候甚至有些固执得让人费解。但是为了一个生命，他们会全力以赴，什么都愿意做。他们还会安排一个人在病人身边，按照医生的嘱咐，日日夜夜分分秒秒无微不至地照料病人。病房里有一个屏风，如果你是在刚点灯的时候来到这儿探访的，就会有个人踮着脚尖，轻轻地走过来严肃地要求你不要发出声音，甚至不让你靠近。有些战士的状况摇摆不定，可能恢复也可能死去。也许就在某个时刻，一个被病痛折磨得疲惫不堪的身躯刚刚入睡，你一个脚步声有可能又将他惊醒。你必须离开。周围的其他病人如要走动，也都是穿着长袜在地上走。有好几次，我都被这样的关怀打动了，一切都是为了从毁灭者手中抢回一个生命。可一旦确定毁灭无法挽回，一点希望和机会都没有了，医生也会放弃病人。这种情况下，大家都会想办法让病人尽量舒适一些，护士会送来一些牛奶、番茄酒或是白兰地，不管他们需要什么都会尽量满足。没有人会大惊小怪。无论在医院里还是在战场上，我从没见过因为某一个人的死亡而引发感伤或是哀恸的情况，总的来说大家对死亡是冷漠的。能做的都做了，一切都已经结束，没有必要再浪费精力或人力。虽然他们曾经很努力地挽回过——至少大多数医生是这样子做的——但是死亡是无法避免的，这是战争的必然产物。

医院小镇

>

1863年8月、9月和10月，我养成了去医院的习惯，基本上所有的医院我都去过，包括亚历山大市费尔法克斯郡的神学院以及长桥另一边的康复营。我是按照报刊上列出的清单目录一家一家找过去的。这些医院中稍微大一点的都是一个样子，你可以想象一下：在一块二三十英亩的空地上，建起十一二座大大的木质工棚，有时候有二十座甚至更多，就这么些小小的建筑，可以容纳五百、一千甚至一千五百人。有时候，这些木质工棚或病房直直地排成一行，有一百到一百五十英尺长，整齐地对着大街；它们经过精心设计，有时候会排成一个巨大的V形，有时候是凹形。除了病房，还有一些其他小房子如传染病房、警卫室、零售店、牧师房。通常，中央是一座较大的房子，那是医生和其他职员的办公室。病房是按照字母顺序来编号的，如病房G、病房K，或是按照阿拉伯数字来编号，如病房1、病房2、病房3等等。每间病房都配有一位医生和几名护士。当然，每家医院都有一位总负责人，负责管理所有医生。在华盛顿，当这些军队医院全部满员的时候（这样的事情已经发生过不少次），他们就把一些备用的帆布床拿出来，一张床挨着一张床，这样就可以收治更多的伤员，数量比十年前甚至十五年前整个华盛顿城的病人都要多。在国会管辖范围内，这样的医院有三四十处，有时候收容达五万甚至七万人。我散步的时候，偶尔走到山坡上，从高处俯瞰，仔细研究城里的地理环境，而这些医院甚至已经成为了地标。透过八月郁郁葱葱的大树，可以看见城郊医院的一片白色房子。往左边走半英里是另一家医院，接着再往右走一英里又是一家，再走一英里又是另一家，在第一家和最后一家医院之间还有一家医院。确实，城郊各处都是医院，已经形成了一座到处是医院的小镇，我们已经无法辨认方向。你可以想象一下，确实就是一座小镇，里面全是伤员、病人和死人。这儿是芬利医院，大家过去都是这么叫的，在东北角肯德尔山上，那儿是坎贝尔医院，两家都是大医院。仅这两家医院就收治了两千到两千五百多号人。远处还有一家卡佛尔医院，也是一家比较大的医院，围墙围着，经常有军事要员出入，门口有哨兵把守。东边还有林肯医院，也是一家大医院。半英里外是埃默里医院。将目光转移到位于河的另一边的亚历山大市，我们可以看见右边是康复营，里面收治了五千、八千有时候甚至是一万名伤员。所有这些都还只是一部分，其他的还有海伍德、普莱森特山，军械库广场、司法部等临时搭建起来的医院，医院里全是伤病员。

漫步于寂静的夜晚

>

10月20日。今晚，我离开医院的时候已是十点。我已经习惯每天在医院里服务至少五个小时，并一直严格遵守着时间限制。此刻，我漫步于华盛顿街头，走了很久。这是一个温馨的夜晚，非常清净，非常凉爽。月儿弯弯，露出半张脸来，有些金黄，周围是一圈淡淡的灰蓝色。我走到宾夕法尼亚大街，接着去了第七大街，围着专利局转悠了好一会儿。在微妙的月光下，专利局看上去异常宏伟、神圣。天空、星星、月亮全都如此明亮，如此镇定，如此安静，如此抚慰人心，特别是在经历了医院里的那些场

景之后，看着它们，更觉如此。我来来回回走着，直到月亮落下去，

那时已过了午夜很久。

战士中的灵魂人物

我时不时在医院和营地遇见这样一群人，他们有着非常典型的特征：洒脱，无私，像动物一样纯真英勇，可能是一些尚未完全文明开化的印第安人。他们有的来自俄亥俄州，有的来自田纳西州，有着与生俱来的冷静。在他们成长过程中，无论工作生活环境如何变化，无论遇到什么困难，无论接受多少程度的教育，他们都有一种神奇的精神力量：可爱，坚韧，内心阳光。他们的行为举止偶尔也会有点神秘，让人难以理解。我在军队、营地处还有医院里见过不少这样的人，西部兵团里也有不少这样的人。他们和普通战士一起，行军打仗，觅食烹饪。也许在战争开始之前，当他们在田里劳作或是做一些小生意的时候并没有意识到自己的本性。不过，这世上有多少人能意识到自己的本性呢？他们的战友觉得他们与众不同，有时候不知道该如何与他们交流。“他们有点奇怪。”这是其他战士对他们的评价，因为他们常常会离群、独处、沉思。

华盛顿的牛群

一大群一大群的牛和赶牛的人穿过城市街道，构成一道独特的街景。有些赶牛人用独特的叫喊声控制领头的那头牛，那是一种充满野性和哀愁的喊叫声，非常悠长，并不刺耳，难以描绘，是一种介于鸽子“咕咕”叫声和猫头鹰“嘟嘟”叫声之间的一种声音。我喜欢站在一边，看着这一大群一大群的牛；有时候我离得有点远，再加上尘土飞扬，看得不是很清楚。通常是有一个人骑在马背上，挥舞着鞭子大声叫着，低处的牛群顺着叫喊声向前走，有些倔强的公牛试图逃跑：那样的场面非常生动。骑着马的人，大

都骑术高超，再加上骑的马都是好马，他们迅速冲到那些试图逃跑的牛前面，逼着那些牛转向。除了赶牛人，还有十几个买卖牲畜的贩子，他们也骑着马，戴着阔边帽，懒散而别致。还有十几位走路的牧民，他们个个灰扑扑的，手里握着长长的赶牛用的鞭子。总共大概有一千多头牛，形成巨大的牛群，一路叫唤着，呼喊着，移动着。

难以更新的通讯目录

对这一大批伤员来说，还有一件麻烦事：如果一个外地人想要找他受了伤的朋友或亲人的话，除非他有准确详细的地址，否则他几乎是不可能找到的。本地报纸会刊登一些人的姓名和地址，宪兵司令部里也会保留一两本医院的总目录，但这些都不完整。伤病员们每天来来往往，这些目录都无法及时更新，由于变化不断，也很难做到及时更新。我知道的就有这么一件事：一位农夫从纽约北部来寻找他受了伤的哥哥，他花了一个星期的时间，辛辛苦苦地找了一圈，还是没有得到一点消息，最后不得不离开这里回家了。当他回到家后，他收到了一封信，在信里他哥哥才把准确的地址告诉给他。

部队转移

1864年2月，弗吉尼亚州卡皮普城。我目前在一个很靠近前线的地方。三四天之前，S将军下令向南部转移，他现在是总指挥官(我相信米德将军肯定是因为生病才缺席的)。他们在拉皮丹河打了几场小仗，但都不了了之。电报消息称，星期一早上是撤离的最后期限，我想说，这有点太着急了。虽然不知道S将军是怎么想的，但我们都非常信任这位能力卓著的指挥官。不知为什么，我们都很兴奋(其实也没那么兴奋)。星期天，我们根据命令，收拾行囊，套上马具，准备撤退，回到华盛顿，但我实在是

太困了，所以早早就上床躺下。那天夜里，我听到有各种各样的叫喊声，于是走出去想要探个究竟，发现还是那些熟悉的士兵，他们正在返回撤退。我和他们交谈了一会，他们和往常一样欢声笑语，精力充沛，相互逗趣。我站在那里，看着在这漆黑夜里撤退的一支又一支队伍，一位又一位战士，他们的身影在黑夜中变成一团团黑影。泥土深陷，战士们的负重还是和往常一样，大衣、枪支和毯子。他们在我面前一个接一个地经过，通常都是大笑着，唱着歌，说着有趣的事情，从来没有低声抱怨。这样说可能有点奇怪，但我从来没有这样深刻意识到美国人民的威严和求真精神，这让我肃然起敬。整支队伍强壮有力，走得不快不慢。他们已经踏着湿滑的泥地走了七八英里路。勇敢的第一支分队已经抵达目的地。你可以看到，他们安营扎寨之后，就在营地里走来走去，很活跃。这里，他们有自己的剧院，他们会在剧院里演音乐剧，并且几乎每一次演出都做得极好。当然，台下是乱成一团的，所有这些娱乐活动都是非常好的体育锻炼。我喜欢环顾周围的士兵，看着幕布前那些收集来的道具，这比舞台上的演出更加吸引我。

发饷

>

这里值得一提的是出纳带着保险柜给延长服役的老兵们发奖金的事情。陆军少校H今天也在这里,他带来了很多钞票,这让第1军团第2师的战士们很高兴。在简陋的棚屋里,在一张小小的桌子后,坐着少校和一位叫埃尔德里奇的书记员。很多钱一捆一捆地放在他们面前,都是要发出去的。一位延长服役的老兵最高可以拿到200美元的现金,剩下的部分是分期支付,每到发薪日都会发一笔。士兵们簇拥在一起,场面十分欢乐。我喜欢站在一旁看着他们。他们一个个兴高采烈,钱包鼓鼓的,准备拿到钱，休个假，回趟家。大家的眼睛都是那么炯炯有神，面颊红润发亮。H少校被派来给第1军团延长服役的老兵们发放奖金和之前拖欠的工资，接着还要给其他兵团的人发钱。你可以听到一张张新旧不一的钞票在少校和出纳灵敏的手指间摩擦哗哗作响的声音，那声音十分清脆，悦耳动听。

鲜花和泥土

>

周日收到的消息。命令将被下达，我已经听说了这个消息。是某位谨慎的指挥官下达的命令，上面的人并不知道，虽然极有可能也是知道的，但谁也没想到会有这样的举动。谣言和恐惧使李将军的人都团结起来，对我军右方进行了侧翼袭击。但我想到了鲜花和泥土，无论鲜花曾经开得多么热烈多么繁盛，最后都会归于沉寂的泥土。是卡皮普这座城市做出改变的时候了。南北双方好似暴风雨中天上的云朵一般，你追我赶。在第一场布尔溪战役之前，这里是一个集会地，南方军队在这里扎营待命。我曾借宿过一位夫人的居所,和她聊过一些,这位夫人曾亲眼目睹战争期间发生的很多重大事件以及那些争强好胜的军队。她是一位寡妇,带着年幼的孩子和她的妹妹住在这里的一栋宽敞豪华的房子里,许多军官都曾寄宿于此。

战火之后的弗吉尼亚

>

荒废不堪，无遮无拦，这是被战争践踏过的弗吉尼亚，每当我踏上这片土地，惊叹与崇敬之情就不禁油然而生。这里物产丰富，孕育了一代又一代人。人类在此地成长、进步、扩张，这需要多大的能力啊！这样的感叹并非偶然，在这片老自治领州[①]（这个称谓现在听起来有点讽刺），我每到一处，这样的慨叹都伴随着我。这儿的土壤比北方州要好。这里景色壮丽，高山河流随处可见，当然还有丰富茂密的丛林，想必还会有各种果树

---

① 老自治领州：美国弗吉尼亚州的别称。

和花花草草。我在这里待了一年多的时间，到处不停地转悠。这里的天空与空气都是最美的。总的来说，这儿的景色丰富多变，环境健康宜人。太阳尽情发挥着它的力量，闪耀着，燃烧着，从未衰退。温度略有偏高，但不是那种让人喘不过气来的热带高温，应该是北部的地理环境使之缓和了不少。这里的夜景也是无敌的。昨天晚上(2月8日)，我看见了第一轮新月，满月的轮廓还若隐若现。天空明朗，空气清新，这澄澈的色彩，让我觉得像是初见新月一般，仿佛在此之前我从未见过新月。月儿弯弯，巧妙地悬于阴沉的蓝岭之上。啊，也许这是一个征兆，对这片饱经磨难的土地来说，也许是一个吉兆。

陪护的技巧和智慧

我又回到了华盛顿，继续我在医院里的忙碌，依然遇到了不少特殊病例。病房里里外外都是一些可怜的家伙，他们长期遭受伤病的痛苦，或是因为得了伤寒身体虚弱无力。有些情况严重的，需要特别照顾和特殊营养。每当遇到这样的伤员，我都会坐下来和他们说说话，或是静静地陪伴着他们。只要是能让他们高兴振作的事情，我都会做。他们喜欢这样，我也喜欢这样。每个人都有自己特别的地方，所以有时候需要一些改变。我学会了如何顺从，也学到了医院陪护所需的一些技巧和智慧。有些可怜

的年轻小伙子,第一次离开家,他们急需关爱;有时候,陪伴是他们唯一需要的东西。有的人需要一支笔来写字,我就给他们带了一些笔和便宜的小日记本,还有1864年的年鉴,中间夹着些许空白页。有的人想读些东西,我就给他们带些旧画报和故事书,他们也能接受。有时候我也会提供一些当天的早报或晚报,但有些好书,我是不会送给他们的。不过我会让他们在不同的病房间借阅,他们看完之后会互相传阅;他们总是会按时归还。就这样,我在病房里,战场上,不停地到处走动,我已经习惯了各种紧急情况,学会了应对各种要求。无论是简单的要求还是难办的要求,每一个都会被公正地对待,在条件允许的情况下,我会尽量使之变为现实。我所做的不仅仅是拜访、陪伴或是说些鼓舞人心的话、带些小礼物,也不仅仅是清洗整理伤口(我遇到一些病人,他们不愿意除我以外的其他人来做这些),除此之外我还会给他们读《圣经》中的段落,在床边祈祷,并解释其中的教义,以前我可从没如此认真对待过《圣经》。在营地以及其他地方,我已习惯了为人们朗读或是背诵《圣经》,特别是那些具有诗意的篇章,非常受欢迎。我们还自发形成了一个小组,每天晚饭之后小组的成员都会聚在一起,有时候读读书,有时候说说话,有时候玩一玩有趣的游戏。

适合的才是最好的

在我看来，对于这场战争，北方军和南方军都有欠考虑。现在的军事理论、军事实践，军事规则和组织都取自于欧洲封建制度，当然，也添加了许多现代化的改进和提高，但很大部分还是源于法国。虽然官员们都心照不宣地相信并遵从欧洲的那一套，但欧洲的事实与美国的情况大不相同，也与我们的人民、我们的时代不太一样。也许有些事情我并不太了解，但是我知道，一整套适用于我们国情，有着与欧洲截然不同的基础和中心的军事系统将最终建立，那将是一种不同于我们目前包括海军在内的军事体系。就像最初,我们没有效仿实行封建制度的欧洲,而是基于独创、永恒和民主的前提,建立了自己的政治体系。美国拥有世界上最强大的军事力量,有大量聪慧、勇敢、可靠的士兵,对此,我毫不怀疑。问题是,如何将他们最有效地组织起来,以便适应我们的国情,让他们发挥最高效用。截至目前,我们已失去大概四分之三的兵力,造成了大量生命的牺牲,而这本来是可以避免的,是一种不必要的浪费和损失。

英雄之死

我在想我是否能向他人倾诉，比如说向你，我亲爱的读者，倾诉那些脆弱而又残酷的事实，这样的事实实在是太多太多。我下面要说的就是其中的一件。斯图尔特·格洛弗是来自威斯康星州第5部队E连队的一名战士，他在5月5日激烈的莽原之役[1]中受了伤，5月21日去世，时年二十岁。他个子不高，没有胡须，是一名很帅气的战士——事实上，他几乎堪称是他这个年龄段的美国青年人

① 莽原之役(Battle of Wilderness)：爆发于1864年5月5日至7日，是南北战争中一场重要的战役。

的典范。他当兵已有三年，再过几天服役期就满了。他在汉考克机构工作。那天，战争已经结束，将军指挥着大部队离开，并召集志愿者把伤员带走。格洛弗是第一批响应的人，他快乐地过去了。但是在背一位受伤的中士返回的途中，被对方的狙击手射中膝盖，不得不被截肢，最后还是死去了。战争爆发前，他在巴达维亚的杰纳西乡和他的父亲——年迈体虚的约翰·格洛弗——住在一起。后来，他来到威斯康星州上学。战争爆发后，他在那里参的军，很快就适应并爱上了军旅生活。他很强壮，也深得长官和同伴们的喜爱。和其他士兵一样，他也有一本小小的日记本，在他离世的那一天，他还在日记本上写道："今天医生说我肯定会死的，我已经无药可救了。啊，我这么年轻就要死了！"另一张空白页上，他用铅笔给他的哥哥写了这些话："亲爱的哥哥托马斯，我虽然顽皮但一直很勇敢。请为我祈祷。"

冰淇淋化了

这是一个星期天的下午，正值仲夏，热得让人喘不过气来，病房里很安静。我在照料的这位病人情况危急，现在正躺在床上处于半昏睡状态。隔壁床是一位正在饱受折磨的南方叛军战士，他来自路易斯安那州第8部队，他叫欧文。他在这里已经很长时间了，伤得很重，最近刚截去了一条腿，手术做得不是特别好。对面床是位生着病的小战士，他和衣躺下，熟睡着，看上去很消瘦，苍白的脸庞枕在胳膊上。看得出来他是一名骑兵，因为他的外套上有黄色装饰物。我轻轻从他身边走过，发现他的名卡上写

着威廉·科恩，来自缅因州骑兵团一部，他的家乡在斯科希甘。

请客吃冰淇淋。6月中旬的一个大热天，我请卡佛尔医院里的所有人吃冰淇淋。我买了很多，在医生和护士长的护送下，亲自去了每间病房，看着冰淇淋发到每个人手中。

一件事。在亚特兰大之前的一场战役，一位南方叛军士兵，大块头，是个年轻人，头部受了致命的伤，有部分脑浆流了出来。他在倒下的地方躺了三天，在这期间，他不停地用脚后跟磨着地面，后来磨出了一个可以容得下两个普通背包的大洞。他就那样地躺在户外，用脚后跟日夜磨着，几乎没有停歇。后来，我军战士发现了他，把他移到屋子里，但是几分钟之后他就死了。

另一件事。在田纳西州的哥伦比亚战场，我们和叛军进行了二十多场激战，叛军留下很多伤员，大多数在我方领地。这些伤员想尽一切办法离开，总的来说是靠爬行。每当这个时候，我方士兵都会无一例外地对着他们来一枪，将他们击倒。我方士兵没有让一个叛军士兵爬走，不管对方情况如何。

死者长已矣

十月一个凉爽的傍晚，我在第十三大街遇到一位士兵背着背包和外套站在拐角处问路。我和他有一小段同路，所以我们一起走了一段。路上我们进行了交谈。在落日余晖和路灯的映射之下，我打量了他一番：他块头不大，不是很年轻，但还算结实强壮。他回答问题时语言简短清楚。他叫查尔斯·卡罗尔，出生在一个叫林恩的地方，属于马萨诸塞州的一个兵团。他父母还健在，但都已年迈。家里一共有四个男孩子，全都参了军，有两个在安德森维尔[1]的监狱里饱受折磨，因饥饿而死，还有一个在西部战死，现在就仅剩他了，他现在就是要赶回家去。从他的话语中，我推断他所剩的休假时间已不多。他精确计算了可以陪伴父母的时间，希望可以安抚他们度过接下来的日子。

① 安德森维尔是美国佐治亚州中部的城镇，是南北战争期间南部联盟监狱所在地。

南方监狱里的北方士兵

>

迈克尔·史坦斯贝利，48岁，是一位船员。他在南方出生成长，是前美国灯塔船“长浅滩号”的船长，长浅滩在帕姆利科湾。虽然他是一个南方人，却是北方联邦政府坚定的拥护者。1863年2月17日他被俘虏，在南方军监狱待了两年。州长万斯曾下令将他释放，但是叛军的一名军官又将他重新逮捕。接着，他被送往里士满[1]作为交换，但是他没有被交换回北方，而是作为一名南方公民，被送往北卡罗来纳州的索尔兹伯里。自此他一直待在那里，直到最近，他才假借

① 里士满：美国弗吉尼亚州首府。

一名已故士兵的名义被交换，然后逃了回来，来到威明顿市和大家汇合。他在索尔兹伯里市待了有十六个月之久，在接下来的1864年10月，大约有一万一千名左右的北方联邦军战士被俘虏，全被关在俘虏营里，其中大约有一百人是南方人（他们虽是南方人却支持联邦政府），除此之外，还有两百多名逃兵。在刚刚结束的这个冬天，有一千五百名被俘的北方战士，为了活命而选择加入南方军，但他们只能担任警卫职务。在这一万一千人当中，有两千五百多人被放了出来，其中有五百人是已经被折磨得不像样的可怜无助之人，剩下的都是能够行走的。每天早晨俘虏营都有尸体要埋葬，平均每天有四十到六十具。俘虏们平时就吃玉米、玉米穗和谷物壳研磨之后混在一起的杂物，有段时间一个星期定量发一次高粱饴。吃肉的机会少得可怜，大概每个月只有一次。俘虏营里总共约有一万一千人，然而营地里的帐篷数量有限，还不够两千人住的。大多数人只能露宿在外面，境况极其悲惨。有的人被冻死了，有的人手和脚都冻坏了。有时候，叛军守卫会假装好心地在营地里放火作乐。在那里，所有能叫得上名字的恐怖事情都有：饥饿、疲乏、肮脏、寄生虫、绝望，还有迅速沦丧的自尊、痴呆、精神错乱以及频繁发生的谋杀。史坦斯贝利的妻子和几个孩子生活在纽伯恩，他曾给妻儿写过信，现在他还在联邦政府的灯塔船工作。之前有一次他回家探望家人，在回来的时候在船上被捕了。他见到很多精神饱满、非常健壮的士兵被送往索尔兹伯里。几周之后，这些士兵曾有的精气神全都无影无踪，很大程度上是因为他们所处的地方看不到任何希望。被俘虏的士兵个个面色黯淡，神情悲伤，面如死灰，好像在某个又冷又黑的地方受冻了很多年，在那里他们原本强壮的身躯没有地方可以锻炼。

逃兵，逃兵

10月24日，我看见很多我们自己的逃兵(超过300人)被全副武装的守卫押解着，走在宾夕法尼亚大道上。这是我见过的最混杂的一群人，衣衫褴褛，其中不乏许多英俊的年轻人。他们有的满脸羞愧，有的病容惨淡，大多数都是脏兮兮的，穿着破衣烂衫。他们杂乱无章地向前走着，乱哄哄的一团，不成队伍。我看见有些旁观者在大笑，但我笑不出来。逃兵的数量比想象的要多得多。几乎每天都能看到几支队伍，有时候一次有两三支队伍。守卫的人不多，只有十一二个，再加一个小头头。我听说，战场上平均一个月有一万名逃兵。在华盛顿街头，这样的逃兵队伍已成为寻常之景。

战争黑暗面一瞥

我军最近在一个山谷(靠近阿珀维尔)遭遇了一次袭击,莫斯比的一支强力游击骑兵队袭击了我们的一批伤员,包括护送伤员的骑兵。救护车装载了大约60名伤员,他们大多数是军官级别。叛军力量强大,一阵扫射之后,最终将我们的伤员和部分护卫俘虏。我们的人刚一投降,叛军就立刻开始抢夺伤员们的财产并射杀俘虏,即使是受了伤的人也不放过。几分钟后,有这么个场景:救护车里有两位受伤的军官,一名中尉,还有一名军衔更高;这两人硬生生地被仰面拖了出来,被游击队员团团围住。这群恶魔每人在他俩身体不同部位都刺了一刀，一位军官的双脚甚至被刺刀穿过固定在地面上。之后经过检查发现，这两位军官每人被刺了至少二十刀，有些伤口甚至穿过了嘴巴和脸颊。为了方便抢夺车上的物品，伤员们都被从车上拽了出来；有的人被分了尸，身体各个部分散落各处，血肉模糊，毫无生机；其他的尽管还没死，但也遭到残害，痛苦地哀嚎呻吟。我方投降的士兵，大部分就这样被残害屠杀了。

就在那一刻，我方另一队护送的骑兵赶到，突击了这群叛军，叛军们立刻拼命仓皇而逃。大部分叛军都逃掉了，但我们抓住了两名军官和十七名士兵，他们当时正在对我方伤员施暴。那样的场面可以想象得到，不用多做讨论。这17名士兵和两名军官被拘禁了一整晚，当时就做出决定：他们必须得死。第二天早上，两名军官被带到镇上，在不同的大街中央被分别击毙。17名士兵被带到一块很小的空地，他们被置于一个天井之中，被我军的两个兵团包围着。其中一个兵团的战士们，三天前刚刚发现三位同伴的尸体，这三位士兵在被莫斯比游击队残害后，四肢捆绑脚后跟朝上吊在树上；另一个兵团不久前有十二位同伴也遭遇过莫斯比游击队，在投降之后，依然被射杀，他们的尸体被吊在树上，其中一位战士的胸上还被刺上了嘲讽的文字。那三位士兵，还有那十二位遭受残害的士兵最终都被他们所在兵团的战友发现，而此刻，这两个兵团的战士们正手持左轮手枪，冷酷无情地包围着这17个叛军俘虏，这17人此刻就在空地中央，没有捆绑，讽刺的是，他们被告知可以为自己争取“逃生的机会”。有小部分人真的试图跑开，但有什么用呢，不论跑到哪个角落，子弹都会追到那里。几分钟后，17具尸体横在天井中央。我很想知道有没有哪些联邦军士兵拒绝向这些无助的人开枪，可惜没有一个人。没有狂喜，没有人说话，几乎什么也没有，几乎每个人都射了一枪。

A.R.W.

上述事例发生过不少，成百上千。每次发生的时间不同，地点不同，方式不同，情境不同，死去的人不同，行刑的人不同，但每次都如此骇人听闻。给同伴兄弟报仇雪恨之心让战士们变得如同嗜血的豺狼虎豹，激愤之情如同翻滚的火山般燃烧了田野，留下一片污迹还有黑色余烬。人心之黑暗，恐比这黑色余烬更加糟糕，这让我对这场战争也有了新的认识。

比金钱更重要的东西

从前线回来的很多伤员，口袋空空，身无分文。我很快发现，给他们一点点钱，就能让他们振作起来，让他们知道有人在关心他们，让他们感受到父亲或兄弟般的关爱。我的资金来自波士顿、塞勒姆、普罗维登斯、布鲁克林还有纽约的那些好心善良的人们。我会事先准备一些崭新油亮的10美分、5美分钞票，当我觉得有必要的时候，就会给到25美分、30美分甚至是50美分，特别情况下，我会给得更多。当我开始这么做了以后，我就需要寻找各种资金来源。我的资金都是来自志愿者，他们大多数都不愿透露姓名。能得到这么多的捐助,我觉得自己很幸运。有两位住在远方的富裕的姐妹,她们定期寄来一笔钱,数额不菲,已经持续了两年,并一再嘱咐一定不能透露她们的姓名。这样的事情确实经常发生。有不少次我都是被全权委托,很多时候是完全陌生的人委托我。有了这些资金,在这两三年里,我在各个医院发放了差不多有几千块钱。最终,我明白了一件事:我们的时代,尽管表面上看起来贪婪冷酷,但一旦有了需要帮助的对象,国人中还是有许多慷慨仁慈善良的人。我还明白了另一件事:金钱虽然重要,但不是排在第一位的,比金钱更重要的是可以得到关心和慰问。

记事本上的项目

>

记事本上记录着一个又一个病人想要的东西，有些已经被擦掉了，因为不太可能完成，但还是可以有一个大致概念。52床的D.S.G.想要一本好看的书，他喉咙疼痛，想要一些薄荷糖。6号床的小伙子，来自新泽西，名叫C.H.L.，他是宾夕法尼亚第145部队28兵团的士兵，得了黄疸和丹毒，还受了伤，总是呕吐，我给他带了一些橘子，还有一点果酱馅饼。这是一个精神旺盛的年轻人，几天后他情况好转，现在在家休假。24床的J.H.G.想要一件汗衫、几条内裤、几双袜子，他好久没有换干净衣

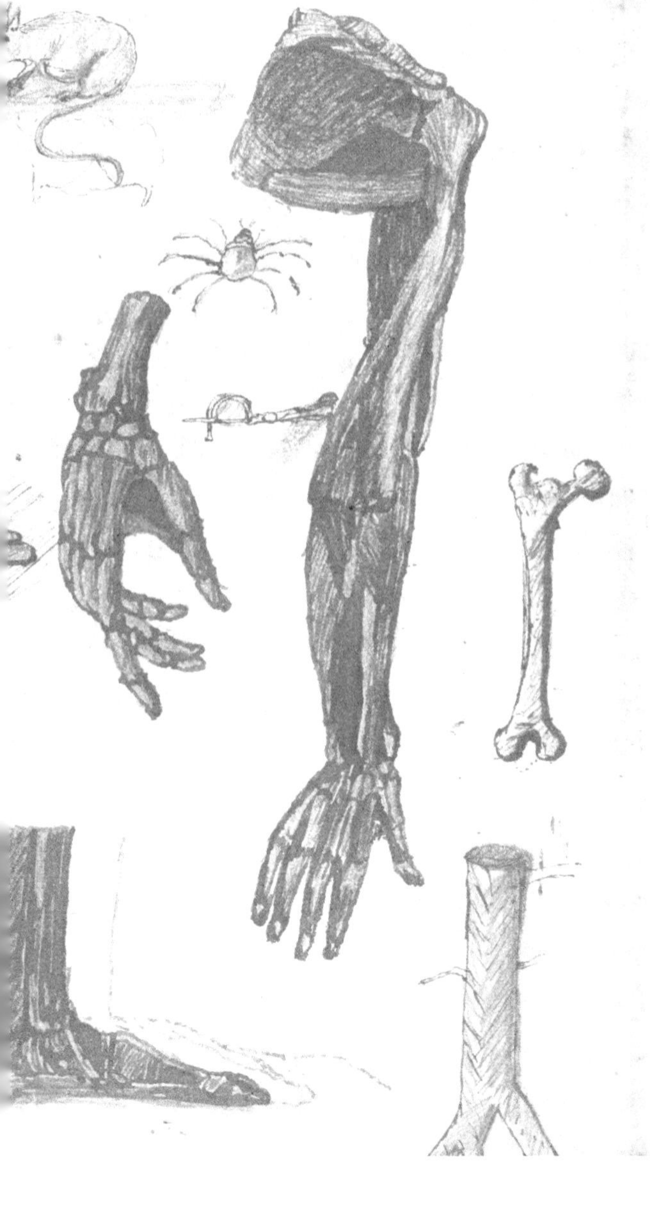

服了。显然这是一位爱干净的小伙子，他来自新英格兰。我满足了他的要求，还给了他一把梳子、一支牙刷，还有一些肥皂和毛巾之类的用品。之后我发现，他是整间病房里最爱干净的人。G夫人，是F病房的一位护士，她想要一瓶白兰地，因为她有两个病人强烈要求一些可以让人兴奋的东西，以缓解伤痛和疲乏。我给了她一瓶基督教委员会提供的上好的白兰地。

可怜的马荷伊

哎，可怜的约翰·马荷伊死了。他是昨天死的。他的故事让我伤感了很久。在过去的十五个月里，我不时地和他在一起。他在1862年8月的布尔溪第二场战役中被射中腹部，然后被送到纽约101部队A连队的医院。他病床前的一幕足以让人沉痛两年。他的膀胱被子弹完全穿透，每天早上大部分时间，我会一直坐在他床边，就在军械库广场医院的E病房。疼痛使得泪水从他的眼里迸出，他脸上的表情也是扭曲的，但他什么都没说，只是不时轻轻呻吟着。医生已经给他敷上湿热的纱布，这可以让他稍微舒服一些。可怜的马荷伊,他还是个孩子,但已遭受太多不幸。他从没得到过父母的关爱,婴儿时期就进入纽约一家慈善机构的收养系统,后来他被沙利文镇一个残暴的家伙收养,他的背上至今还有被牛鞭抽打后留下的伤疤。然而此刻,他受的伤才是最严重的,那么一个温顺干净、可爱的小男孩!他在医院里有很多朋友,确实,大家都很喜欢他。他的葬礼很隆重。

向军医致敬

我要向医生们致以我最崇高的敬意。他们大都非常热情、勇敢、专业。他们中很多都是年轻人，在医院或是军营里工作，能力卓越，精神可嘉。我不会理会那些例外，毕竟他们是少数，但我确实遇到过少数医生，非常不称职，还爱摆架子。不过，我从未停止发现那些优秀的人，那些努力工作、公正无私的人。我遇到过上百名优秀的医生，我在此向他们致敬。然而，还是有很多严重的问题存在：物资缺乏，垃圾处理不当，等等。我们亟需一个完善的体系，来规范我们的资金开支，来管理志愿者、护士、食物、药品还有各种储备。我不是说让医生来做这些，因为医生精力有限。因为之前没有周密的准备，所以也没有完善的体系，没有先见之明，也没有可以弥补这一切的天才。毫无疑问，我们的储备是充足的，但问题是，每当需要的时候，就跟不上了。每次大战之后的那几天是最痛苦的。那些受了伤的战士是世上最高尚的人，他们没有抱怨，只是无助地躺在那儿，遍体鳞伤；有的昏厥了，独自一人，有的流血致死，有的精力衰竭而亡。他们中有些人没有得到任何医疗照顾，有些人被放在那儿无人问津，但他们，理应得到一些救护。

处处蓝色一片

>

城里城外，国会大厦，白宫前，所有娱乐场所，大街小巷，在这个冬季全都挤满了士兵，比以往都要多。他们有从医院来的，有从附近兵营来的，数量巨大。不得不说，这么多穿着制服的人在华盛顿活动，在首都历史上真是重要一笔。到处都可以看到穿着蓝色外套和蓝色裤子的人。在通往军需官办公室的楼梯上，拐杖发出的“笃笃声”不绝于耳，许多其他类似职能部门门前也是如此。在这些地方的门口，通常会排着长长的队伍，大家在寒风中疲惫地等待着。下午晚些时候，你可以看到那些被批准休假的军人，有时候是一个人，有时候是一小群人结伴前往巴尔的摩火车站。除了一大早，其他时候街上都有巡逻人员，尤其是太阳刚下山的时候，他们会检查通行证，逮捕没有带通行证的士兵。他们不会去盘问那些少了胳膊少了腿或是受了重伤的残疾人，但其他人都会被拦下来。晚上，巡逻人员还会到剧院里，检查观众席上的军官以及一些政府要员的证件。

新生

1865年1月29日，星期日。今天我整个下午都在军械库广场医院里。病房非常舒适，地板是新铺的，墙面也是新刷的。我不太确定是不是因为这是家模范医院，这些方面才做得如此好。我发现有几个可怜的伤员，他们的伤口迟迟不好。一位来自特拉华州布里奇维尔的战士，名叫威廉·H·米尔斯，他是去年五月莽原战役之后送过来的，那时候，他的胸部受了伤，手臂也有伤口，还感染了肺炎。六月份和七月份整整两个月，他的情况都非常危急，有差不多三个星期的时间他都挣扎在生死的边缘。而现在,他已经可以做一些轻微的活动了。

军中好男儿

日落时分，我漫步回家，在第十四大街上看见一位年轻的士兵，他体形消瘦，衣着单薄，就站在我屋子前面。我在门口停留了一会，让他进屋。我知道，近期田纳西州兵团还有印第安纳州兵团临时在这里停留，就在十四大街附近。这个男孩子就是田纳西州兵团的。但让人难以置信的是，他随身携带一支步枪。他才15岁，但已经当了十二个月的兵，并参加过不少战役，甚至包括一些具有历史意义的重要战役。我问他有没有被冻着，有没有大衣，他回答说他没被冻着，也没有大衣，但是如果可以的话，他希望

有一件。他的父亲已经去世，母亲生活在田纳西州东部，那地方的男人都去参军了。第二天上午，我看见田纳西州兵团和印第安纳州兵团的士兵在街上行走，那个小男孩也在前面那支队伍中，和其他人一起迈着整齐的步伐。还有许多和他年纪差不多的男孩子，他们步履坚定，整齐划一。我站在一边注视着他们，他们中看上去没有超过30岁的，大部分是在15到二十二三岁之间，但实际上，他们都已经是老兵了。他们疲惫不堪，冷漠麻木，步伐有点懒散。他们衣服上全是斑斑点点，装备和背包却整齐一致，通常都是一个煎锅和一把扫帚。他们都很面善，虽谈不上文雅精干，但也没有面目狰狞或是特别愚笨的。

生前守护身后相随

这是在一家医院里发生的事情。一位名叫比林斯的女护士在冬天早些时候病了，撑了一段时间，最后还是死在了医院里。她是士兵们真正的朋友，是军队里的好护士，除了那些和她相处过的人，没有人能体会到她和那些伤员的感情有多深厚。临终前，她要求自己死后，按照军队的礼仪，和战士们葬在一起。她的要求完全得到了满足，战士们抬着她的棺材进入墓地，一路上都有护卫队护送着。下葬后，墓地里所有人都行军礼致敬。这就是几天前刚刚发生在安纳波利斯的事情。

无声的安抚

医院里随处可见女性的身影，她们在不同的工作岗位上忙碌着。在华盛顿医院以及在军事驻地医院里的大部分女性都是护士，还有不少年轻女性是志愿者，她们通过各种方式为伤员提供帮助，值得我们尊敬。有一点还是要说清楚的：由于一些不可抗拒的社会惯例的存在，很少或几乎没有年轻女性愿意应征护士来照顾士兵伤员。理想的护士人选是身体健康的中年人，或是状态良好的老年人，最好已经是母亲。医院里每天都有很多伤员需要照顾，有上百件必须完成的事情。中年或是老年女性的双手如同母亲般慈爱,她们的出现是一种无声的安抚,她们特有的语言和知识都源于她们养育孩子的经历,这种经历非常宝贵,也让她们可以胜任护士这份工作。这里需要一些作为母亲的天性,而不仅仅是放一个漂亮文雅的年轻女性在病房里就可以的。我曾见过一位非常好的护士,她是一位脸红扑扑的、目不识丁的爱尔兰老太太,她将一位憔悴的、光着身子的可怜男孩温柔地搂在怀里。医院里还有很多干净整洁的黑人老太太,她们都是一等一的好护士。

该怎样定义他们呢?

1865年2月23日。今天我在街上看到一支特殊的队伍,由很多年轻的南方叛军士兵组成。他们被称为是"逃兵",我们不能简单地去理解这个词的含义。他们总共差不多两百人,昨天刚从詹姆士河乘船过来。他们步履沉重,疲惫不堪,一路缓缓前行。我站在街边打量着,他们的衣服都是脏兮兮的,大多数是那种原始的灰色,军服上配有一些挂件,裤子上有一个,背心或外套上又有一个。看样子男孩子应该大部分来自乔治亚州和北卡罗莱纳州。他们并不激动,也没想获得关注。我站得离他们很近，看到几个面容英俊的少年，但是，哎，他们的外表又显得那么饱经风霜的样子。他们向我点头打招呼，肯定是因为我脸上流露出了父亲般关爱的神情。的确，我的心里也是对他们充满同情。有不少人是两两肩并着肩手挽着手走的，他们可能是兄弟，好像害怕被分开似的。他们看上去都很单纯而又不乏聪慧。有的随身带着破旧的毛毯，背着破旧的背包，英俊面容下难掩痛苦之色。两百多人中，大概有一半人是武装守卫人员。这个星期，我看到不少这样的队列，每天都有，数量差不多都是两百人左右，都是刚从船上下来。政府为他们提供力所能及的帮助，送他们到北方或者西部。

2月27日。轮船又运来三四百号南方军中出逃的士兵。经历了长时间的坏天气后，今天天气确实不错。我在附近漫无目的地游荡了许久，只是想好好享受一下美好的户外时光。到处都有南方军的逃兵，同之前描述的一样，依然是衣衫破烂、颜色混杂的模

样。我和他们中好些人都交谈了一番。虽然他们都穿着破衣烂衫,但有些人相当聪明时髦。他们迈着轻快的步伐,将帽子斜到一边,非常别致。我也看到一些上了年纪的人,显然,过去四年中,在南方政府的专横统治下,许多平民,不论年长年幼,都被强制征召入了伍。我遇到一个高大的年轻小伙子,他来自乔治亚州,差不多有两米高,身体各部分都比别人大一圈。他穿着脏兮兮灰蒙蒙的衣服,裤子刚到膝盖,用绳子系着,上面布满补丁。他站在那里一口面包一口肉,吃得津津有味,一脸的满足。几分钟之后,他慢慢往前走,一看就是那种什么都不在乎的人。

2月28日。我路过离总统官邸不远的军事司令部,和一些在那里闲逛的南

方逃兵聊了起来。他们的外表和我在前面描述的无异。其中的两人，一个大概17岁，另一个差不多二十五六岁，我和他们聊了好一会儿。他们都是来自北卡罗来纳州，在那儿出生成长，家里人也都在那儿。年纪大一点的已经在南方军当了四年兵，前两年是被征去的，后来就被强制留在了部队里。南方叛军中像他这样的情况有很多。这两个年轻人并没有很沮丧的样子。年纪轻的那个当兵才一年，是被征去的，他家里全是男孩子，六个兄弟全都当兵去了，有的是被征去的，有的是自愿的。他们兄弟中已经有三个战死了，还有一个兄弟四个月前逃跑了，现在他也逃跑了。他是个非常友好健谈的小伙子，带着特殊的北卡口音，但我听着没有一点不舒服的地方。他和年纪大一点的那位士兵来自同一连队，他们是一起逃出来的，希望以后也可以一直在一起。他们想乘车去密苏里找一份工作，但不太确定这样的决定是否正确。我建议他们不如去北方那些州看看，在农场上先找些工作做着。在船上的时候，年轻的那位士兵用随身携带的烟草挣了六美元，现在只剩下三块半了；年纪大点的那位身无分文，我给了他一点点钱。这之后，我遇到了阿拉巴马州第9兵团的约翰·沃姆利。他来自田纳西州西部，父母都去世了，看上去亟需一些帮助。他话不多，嘴里飞快地嚼着烟草，然后将之吐掉，深褐色的眼睛又大又亮，好像不知道应该向我要些什么。最后他告诉我他想要一些干净的内衣，一条像样的裤子。他并不在意帽子、外套等其他附件，只是想好好地洗个澡，换上干净的内衣。我非常高兴地帮他完成了所有的愿望。

3月1日。这几天每天都能看到很多灰头土脸的南方逃兵。今天差不多有160人，大部分来自南卡罗来纳州。他们都宣了誓，然后根据他们的愿望被发配到北方、西部或西南部。他们中的一些人告诉我，叛军中有很多人逃离后就回家了，数量比逃离后投奔我们的人更多。下午晚些时候，我看到一支百来人的队伍，孤零零地向巴尔的摩港口走去。

夜灯下的国会大厦

>

今晚，国会大厦亮着灯，我一直在周围闲逛。灯光下的圆形建筑甚是好看。我喜欢就这样站在一旁，长久地看着那个圆屋顶，这让我舒服不少。参众议院一直开会到很晚，我远远地看了一会，议员们都在认真商讨税务和预算案的事情。我穿过长长的廊道，来到参议院门口，这是我前些年冬天养成的一个老习惯，这个习惯现在还是让我很有满足感。周围人不多，远处偶尔有一两个人影。

总统的就职典礼

3月4日。中午的时候，马车到达国会大厦，总统安静地从上面下来，一路小跑，也许是急着去签定议案，也许是想摆脱那些荒唐的示威队列——那些举着纸板的伊斯兰自由教徒。三点左右，示威刚刚结束，我看见他走出来，上了那辆两匹马的简单马车，看上去非常疲累。确实，他责任重大，面临各种复杂问题和生死考验，这些都让他那深褐色脸庞更是沟壑纵横。然而皱纹之下，依然看得出他那份善良、亲切、悲悯和精明。我从没遇到过这样一个人，身上有最纯正最热诚的亲切柔情，也有典型的西部男子气概,并没有因为别人对自己爱戴而沾沾自喜。他十岁的小儿子就坐在他身边,马车周围没有士兵,只有一群骑着马的平民,他们都裹着大大的黄色围巾。回想四年前的就职典礼,那时他的周围分布着密密麻麻的骑兵,每个骑兵都手握军刀,而每个墙角也都有狙击手在待命。我必须得提一下那个星期六的晚上,我从未见过白宫门口有这么拥挤过,满满的全是人,一直延伸到人行道上。当时我也在场,本打算离开,却被夹在人群之中,动弹不得。人越来越多,还有不少人是从农村乡下赶过来的,场面有些滑稽。海军乐队奏响了乐器,美妙的音乐从旁边的房间里传来。我看见林肯先生,一袭黑色,戴着白色羔皮手套,身不由己地接待着各方来宾,和他们握手。他看上去很是惆怅,好像他愿意付出任何代价,只要不用待在那里就行。

友谊？看清他们的嘴脸吧！

回顾了一下我的手稿，下面的内容写于1864年。这些年发生在美国国内国外的事情确实都非常奇怪。世界各国都在等着看笑话：这样的联邦政府终会瓦解，她的未来必将中断，她应该回归帝国统治，分成几个小国家。欧洲所有政府都在关注着这个国家发生的战争，并且热切期盼美国最终可以因此而分裂、衰弱直至垮台。如果他们有足够的勇气，他们甚至愿意去促进这种分裂。我说的这种热切期望不仅仅来自英国、法国政府，而是来自所有欧洲国家政府。我觉得这确实是当今世界所有国家最真实、最由衷的愿望，只有一个国家例外——墨西哥。我们从来没有做过对不起墨西哥的事情，墨西哥也是目前唯一一个真正期盼我们胜利，真正会为我们祈祷的国家。这难道不奇怪吗？美国从建国至今，一直积极向所有国家伸开双臂。英国、德国、法国、西班牙，我们积极接受他们，把他们当作朋友，同他们分享我们的资源。我们没有伤害过任何一个国家，而是一直像母亲一样，非常慷慨地接受这些国家的流放者、陌生人，其数量有上百万之多。然而，我们现在得到的，难道就是这样一个充满怨恨和敌意的回报吗？我们有义愤填膺吗？有提高警惕吗？有身陷危机之感吗？没有，我们还是全心全意地帮助并支撑着欧洲。我们一直看着欧洲的脸色，而忽视了自己对欧洲的影响。我们必须从这次的怨恨中吸取深刻教训，从此以后不能忘记：永远不要相信旧世界国家所说的那种道德感和虚无缥缈的友谊。

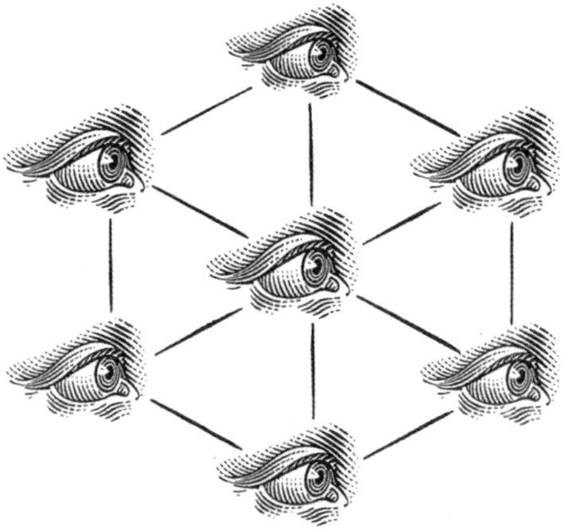

连老天也在同情这个时代吗？

最近一直阴雨连绵，天气也阴晴不定，忽冷忽热，甚至还变本加厉，狂风暴雨来得比平时更猛烈、规模更大了。是不是那些左右人类的因素也在影响着天气？不论是与否，如今美洲北边的这片土地，已经经受了二十多个月战争的洗礼，周围空气中都有一种前所未有的微妙气息。战争开始以来，全国上下大范围内涌现出各种骚动、各种奇怪的推断、各种同盟，有时候连阳光都是不一样的，或者干脆就没有阳光，甚至地里长出的庄稼也与以往的不同。每一次重大战役之后，都有一场很大的暴风

雨，即使遇上市民活动也是一样。上周六上午，黑云压城，狂风怒吼，下了好大一场暴雨；到了下午，却是风平浪静，整座城市沉浸在美好和煦的阳光之中，空气中都夹杂着甜蜜的味道，天空清明得就连星星都比平时出现得早很多。当总统走出国会大厦时，头上正好顶着一小团白色云朵，天空中只有那一朵云，那朵云就像一只盘旋空中的鸟儿，正好在他头顶上方。

确实，气候、自然力，所有气象的影响，已经胡闹了好几个星期。像这样喜怒无常地说变就变，我都不知道遇到多少次了。大家通常会这么说：这样的冬天前所未有，闻所未闻。在我写下这些文字的时候，天气状况依旧如此。过去的一个月都是这样的：白天大部分时间阴暗沉闷，雾气蒙蒙，冷飕飕的，有时候甚至会有狂风暴雨。但也有另一番景象，最近几个晚上，天上地下都比以往更加美不胜收。西边的金星早早地就挂在天空，前所未有的巨大明亮。它看上去像是在诉说着什么，好像和人类、和我们美国人民一起放纵起来。已经有五六个晚上都是这样了，金星就这样紧贴着那轮上弦月。星光灿烂，月亮就像一位年轻的母亲。

天空中一片深蓝，透亮的夜晚，满天的繁星，温和的西风，舒适的温度，神奇的金星……还有年轻膨胀的月亮游弋在西方的天际，浸润着灵魂。接着，我听到一阵慢悠悠却又清晰而从容的号角声，划破寂静神秘的夜晚。号角声不急不忙，透着坚定的信念，闲适地在空中起伏飘荡，很是悠扬。那声音优美动听，是从附近的一家军队医院里传来的，那里有很多伤员，其中一些和我关系很好。此刻，他们正躺在床上，他们中不少受了伤或是生了病的小男孩是从伊利诺伊州、密歇根州、威斯康辛州、爱荷华州以及其他州出发来到战场，之后又来到这里的。

闪回

3月6日。专利局重新开始工作，今天举办了开幕舞会。看到跳舞、进食的人们，我忍不住想到，不久之前这里是多么不一样的场景啊！那时候到处都是从战场上运来的受了重伤的士兵，他们有的是在布尔溪战役中受的伤，有的是在安提塔姆战役中受的伤，还有的是在弗雷德里克斯堡战役中受的伤。今晚，在同一个地方，到处是美丽的姑娘和浓浓的香水味，以及伴着小提琴美妙的音乐翩翩跳着波尔卡和华尔兹的人们；而那时候，满屋则是被截肢的伤员，他们忧郁的面庞，痛苦的呻吟，临近死亡时呆滞的眼神，伤口的血腥味，所有这一切如今依然挥之不去。还有那群可怜的孩子，他们都是母亲的好孩子，最后却死在没人照看的一片陌生的环境之下——战争期间，受重伤的人太多了，护士和医生都忙得脱不开身。

风雨惊魂

>

我必须提一下我在国会大厦看到的一景，时间是上周六（3月4日），地点是众议院大厅。那天天刚蒙蒙亮，一切都是模糊的、昏暗的、湿润的。在昏暗的光线下，议员们持续工作，疲惫不堪，有的已经睡着了，有的还处在半梦半醒的状态。昏黄的煤油灯混杂着破晓的暗沉，产生一种奇异的效果。可怜的听差小伙子们已经困得走不动路，大厅里弥漫着奇怪的味道。所有议员的脑袋都耷拉在桌子上，只听见有不同的人在发言，怪声怪气的。会议进入了尾声，本次会议的结论是：大家都热切盼望这

场战争能够尽快结束，不过也生怕这样的愿望不能实现。庄严宏伟的会议大厅里，议员们的影子投射在巨大的墙壁上，形成起起伏伏的阴影，让人印象深刻。

就在这时，突然一阵电闪雷鸣，狂风怒吼，紧接着暴雨倾盆而下。雨点哗哗啦啦，重重地敲打冲击着大厅的玻璃顶。大风呼啸不止。一时间，原本紧张疲惫打着瞌睡的议员一下子不知所措起来。熟睡的人们从惊恐中醒来，有些人向门口走去，有些人抬眼望着屋顶，脸色苍白，而那些听差的小伙子们简直就要哭了：真是众生百相。可是，当昏昏欲睡的人们快要醒过来的时候，雨又差不多停了。然而，等他们完全清醒后，暴雨又卷土重来，时不时地发出巨大响声。尽管如此，会议还在进行，议员们又和平常一样，冷静从容地工作着。这场暴雨冲击给大家提了神、醒了脑或许不失为一件好事。（大家都有这样的印象，毕竟这些人都是参众两院的国会议员，他们知道，如果出现一些紧急情况特别是遇到危险的时候，他们的工作会被打断，并且需要具有极高品质和魄力的人来主持大局。然而目前在我们这些议员身上并没有看到这些品质和魄力。）

美国古风

>

1865年3月27日。加尔文·荷罗军士，来自马塞诸塞第29部队C连队3旅第1师9分队，他是英雄气概的典型。有些人会说这是在吹嘘，但我觉得这是最伟大最古老的英雄主义。最近的某个晚上，叛军在斯蒂德曼要塞对我军发起突袭，荷罗就在那时暂时被俘。那天晚上，整个要塞死一般的寂静，叛军突然冲入我方军营。荷罗和其他人一起从睡梦中惊醒，发现自己已经落入敌军手中。对方要求他投降，他回答说只要活着就绝不投降。当然这样是没用的。其他人大多屈服了，只有少数例

外。叛军再一次要他屈服，这次向他施威的是一个叛军首领。虽然被叛军包围着，但他依然很冷静，又一次拒绝了对方的要求，并且坚定地呼吁他的同伴继续战斗。他大喊自己会坚持战斗下去，叛军首领随即向他开了一枪。但就在同一时刻，他也向叛军首领开了一枪。两个人都受了致命的一击，倒在了一起。荷罗立刻就死了。很快，叛军被赶走。第二天，大家埋葬了荷罗的尸体，不久之后，又将他的尸体送回他的家乡——马萨诸塞州的普利茅斯镇。荷罗死的时候才22岁，他是一个清瘦的年轻人，高高的个子，深色的头发，碧蓝的眼睛。他是在第29部队开始的军旅生涯，四年之后也死于第29部队。他参加过里士满之前的七天战役，参加过布尔溪的第二场战役、安提塔姆战役、弗雷德里克斯堡的第一场战役、威克斯堡战役、威尔德内斯战役、杰克逊战役以及其他一些战役。自打他穿上那身蓝色军装起，他就是一个好士兵，部队里每一个老兵都可以证明。他虽然年轻，军衔也不高，但他和书本中所描写的古代和近代的英雄一样，坚定勇敢。拒绝说"我投降"这几个字，这是多么伟大的壮举！不过，他也因此而死。每当我想到这些，就想到所有像他这样的人们，想到战争带来的许许多多复杂的事情，有的也许会被载入史册，有的也许就被放置一旁，逐渐被人淡忘。但此时此刻，我只看到年轻的加尔文·荷罗在深夜里拒绝投降的身影。

你所不了解的战后

战争已经结束，但之前的伤病员加上现在的伤病员使得医院比之前更加人满为患。受伤的人，伤在身体各部位的都有，大部分是伤在胳膊和腿上。而生病的人，最常见的是得了伤寒症和营热病、腹泻、鼻黏膜炎、支气管炎、风湿病和肺炎，还有其他一些病症。医院里生病的人是受伤人数的两倍。接受治疗的人当中，死亡率在7%到10%之间[1]。

①原注：根据美国外科医生总署的记录，总共有253142名伤员接受了政府委派的外科医生的治疗。那些没有登记在册的，还有南方军里的那些伤员又有多少呢？恐怕无人知晓。

我的船长！

1865年4月16日。我在我的日记中找到一段关于亚伯拉罕·林肯逝世的记录。到目前为止，他戏剧化的人生不仅给美国留下了历史、传记和无限追忆，在我看来，他还留下了最伟大、最优秀、最鲜明、最风雅的人格品质。他勇于承认自己在总统任期内犯下的错误，他的诚实、善良、精明以及对联邦主义的支持，形成了他最真实、最丰富、最坚毅的个性。如今，这些都与他的生命一起尘封起来。他死得悲壮，但他的精神却照亮所有人。抛开他的躯体和头脑，那精神的光环将永远留存并愈加明亮。历史

O Captain! my Captain!

O Captain! my Captain! our fearful trip is done,
The ship has weather'd every rack, the prize we sought is won,
The port is near, the bells I hear, the people all exulting,
While follow eyes the steady keel, the vessel grim and daring;
But O heart! heart! heart!
O the bleeding drops of red,
Where on the deck my Captain lies,
Fallen cold and dead.

O Captain! my Captain! rise up and hear the bells;
Rise up—for you the flag is flung—for you the bugle trills,
For you bouquets and ribbon'd wreaths—for you the shores a-crowding,
For you they call, the swaying mass, their eager faces turning;
Here, Captain! dear father!
This arm beneath your head:
It is some dream that on the deck
You've fallen cold and dead.

My Captain does not answer, his lips are pale and still,
My father does not feel my arm, he has no pulse nor will,
The ship is anchor'd safe and sound, its voyage closed and done,
From fearful trip the victor ship comes in with object won;
Exult, O shores, and ring O bells!
But I with mournful tread
Walk the deck my Captain lies,
Fallen cold and dead.

Walt Whitman
March 9 1887

惠特曼手稿

依然存活，爱国之情也未曾消退。联邦政府得到过许多帮助，但如果一定要给出一个名字，说出某个人，那一定非他莫属了。他一直坚持联邦精神，这样的精神也会持续到未来。他被暗杀，但联邦精神没有被暗杀！就是这样！战士们一个一个倒下了，如浪涛般沉入海底，但是大海的浪潮还将继续前进，永不停歇。死亡不可避免，死亡也冲击着成百上千人——我们的总统，我们的将军，我们的船长，我们的士兵，但这个国家不会倒下，她将永远留存下来。

当遇刺消息传来的时候

>

谢尔曼[①]军队，在离开亚特兰大很久之后，行军穿越南北卡罗来纳州。在离开萨凡纳之后，李将军投降的消息就传来了。大家一路上不停地欢呼雀跃，唱着高亢嘹亮的军歌，这样的情景持续了整整一天。通常是某个兵团或某个部队开个头，其他部队马上跟进，最后所有部队都加入到这欢庆的胜利合唱之中。这是西方部队的一大特色，已经成为一种习惯，成为大家放松和宣泄的方式，它表达了人们对取得胜利、对回归和平的激

---

① 谢尔曼（William Tecumseh Sherman，1820—1891）：美国南北战争时期的联邦军将领。

动之情。整个早晨、中午、下午，大家有组织或没组织地大声欢唱，歌声响彻几英里路，彰显了战士们年轻、狂野的一面，表达了他们难以抑制的欢愉之情，流露出前进和征服后的喜悦。歌声一路飘荡过南部的沼泽和高地，冲上云霄。后来，一位来自第十五军的士兵对我说："每次遇险后击退敌军，大家都会变得情绪激昂，更何况现在取得了最终胜利，你说大家会是什么反应！"在到达北卡首府罗利之前，部队上上下下一直都是情绪高涨。然而，同样是在罗利，大家听闻了林肯总统遇刺的消息。接下来整整一周，欢呼之声不再有。所有行进中的部队都沉默下来，人们不再大声说话，更不会放声大笑，就这样突然一下子全部安静下来。

难道就没有一幅像样的肖像？

读者大概也看过肖像画，描绘的通常是年迈的农夫、老船长，诸如此类。这类肖像可以将表现对象的粗野甚至丑陋的一面描绘得精致可感，却无法表现他们那富有乡野气息、伴有果蔬芬芳的真实面目，而林肯总统面部独特的色调、线条和神态恰恰就是如此。在一位伟大画家的眼中，林肯总统面部的那些色调、线条、神态，虽没有什么美感可言，却让人着迷不已，值得深入研究。现有的总统肖像全都是失败的作品，它们大多只能称得上是漫画。

释放归来的囚徒

>

战争期间被关押在南方叛军监狱里的北方联邦将士，现在都被释放了出来。我看到了很多，这样的场景甚至比满目疮痍鲜血淋漓的战场更加糟糕。一艘载了几百号人的大船25号左右到达马里兰州首府安纳波利斯，只有三个人可以自己从船上走下来，其他人都是被抬着上岸的，上岸后在那里横七竖八地躺着。这还是人类吗？一个个身形矮小，骨瘦如柴，面如死灰，周身呈暗褐色，看上去就像猴子一样。这些真的不是木乃伊或干尸吗？他们躺在那里，大多一动不动，眼神空洞得可怕，嘴唇单

薄，唇上已经没有足够的肉来遮掩牙齿。这世上恐怕再也没有比这更让人震惊的景象了。有些行为或犯罪是可以被宽恕的，但绝不是这一种。施虐者真应该被罚下黑暗无边、无处逃匿的地狱。总共有五千多人被饥饿逼死了。亲爱的读者，你真的知道饿死是什么概念吗？在南方叛军的那些监狱里，在那片富饶的土地上，饿死的事情屡见不鲜。南方叛军对待联邦军俘虏极其残暴卑劣，其程度简直无法用语言来形容，其伤害之巨大让人难以置信。但是，南方叛军确实就是这么做的。那些从俘虏营里活着出来的人（如果他们还可以被称为“活人”的话），大家对他们的同情和怜悯程度绝不亚于对死在那里的人。由于长期营养不良，他们中很多人变得愚钝低能，并且再也没法康复。

给牺牲士兵母亲的一封信

>

弗兰克·欧文来自宾夕法尼亚第93部队E连队，死于1865年5月1日。以下是我写给他母亲的一封信。

尊敬的女士：

您和弗兰克的朋友们肯定已经得知弗兰克去世了这个悲痛的消息，他在巴尔的摩的叔叔和婶婶来医院收拾了遗物。我们没有看到他们，但听说他们来探望过弗兰克。我在弗兰克临终前一直陪伴在他身旁，我想以他普通朋友的身份给您写几句话。您的儿子，弗兰克·欧文战士，1865年3月25日在弗吉尼亚州的费希尔要塞附近受了伤，伤在左膝，情况十分危急。他被送往华盛顿，于3月28日在军械库广场医院的C病房接受治疗。但是伤口不断恶化，4月4日他的左膝以下部分被截肢。手术由贝里斯医生操刀，他是部队里最好的外科医生之一，手术由他一人完成。手术过程中出现了许多不利的情况，弗兰克的膝盖中发现了一颗子弹。两周之后，弗兰克恢复得很好。他非常喜欢我的陪伴，我也经常去医院探望他。四月最后的十一二天，他的情况突然变得危急起来，先开始是发烧，估计是受了寒潮的影响；到了四月份最后一周，他的病情不断反复，但他总是保持温和的面容。5月1日他死于毒血症——生理系统将有毒物质吸收却没有将之排出，便会引起这种病症。在我看来，弗兰克在接受手术治疗期间非常配合。大部分时间他都是睁着眼的。他非常善良，非常有礼貌，难怪招人喜爱，我也非常喜欢他。我习惯于下午来到医院，坐在他身边，安抚他。他也喜欢我的陪伴，他会伸出手臂，把手放在我的膝盖上，如此这般保持很长时间。最后的那几天晚上，他有些神志不清，经常产生自己仍在军营里的幻觉。有时候他会说些话，听上去好像是他的长官正在为他做了某件事而在责备他。他告诉我说："我这辈子都没想过要做那样的事情，所以那件事绝不是我做的。"有时候，他还会产生正在和某些小孩子对话的幻觉，我猜那些小孩子可能是他的亲戚，他和他们谈了很久，或许是在给他们提一些好的建议。无论如何，他从未说过一句消极的话，也未透露出一丝负面的想法，这让人印象深刻，因为很多人在清醒时说的话还没有弗兰克在糊涂时说的话一半好。他遭受了很多折磨，身体非常虚弱，他已经完全放弃了，看起来他很乐意死去。可怜的孩子！我对他过去的生活并不了解，但是我猜想他肯定一直都是个好孩子。不管怎样，我在当时看到的情况是：尽管伤势严重，处境艰难，周围又全是陌生人，但他表现得一直都很勇敢、很镇静、很亲切，没有人能比得上他。现在，他和许多其他崇高善良的人一样，作为一名战士，为自己的国家服务之后，献

出了自己年轻的生命。这样的事情让人沮丧,但记得有这么一句老话——“老天自有安排。”其中的深意,我们每个人到了一定的时候自有体会。

作为一个陪伴您的儿子走完人生最后一程的陌生人,我想我的这些话也许是有一些价值的。我非常喜欢这位年轻人,虽然认识他没多久我就失去了他。我只是一个偶尔去医院探望伤病员,给他们打气鼓劲的朋友。

沃尔特·惠特曼

班师回朝

5月7日，星期天。今天我在亚历山大市走了一两英里，遇到了班师回朝的西部大军。他们自称是谢尔曼将军的部队，总共有一千人左右，大部分人都病了，有些在康复中。他们朝医院所在的营地方向走去。我和他们断断续续地聊了几句，很明显他们来自西部，有着西部人的外表，带着西部的口音。他们一路走得很慢。在经过这场巨大的战役后，他们来到这里，来到与他们家乡相隔甚远的地方。我有些好奇，和他们断断续续地聊了一个多小时。到处都是病得很重的人，但他们全都能自己走路，除了落在最后面的一些人。他们已经精疲力竭，有气无力地坐在地上。我鼓励他们说，他们要去的那个营地就在翻过这个山头不远的地方。听到我的话，他们又站了起来，重新起程。我陪着那些情况严重的士兵走了一段，搀扶着他们，直到把他们送到身体强壮一点的同伴身边。

5月21日。今天我看到谢里丹将军和他的骑兵，那场面颇为壮观。大部分骑兵都是年轻人，很少一部分是中年人。年轻的骑兵全都长相标致，肤色呈棕褐色，身材挺拔，目光如炬。他们穿着统一的制服，肩部的防水布条垂了下来。一个紧跟着一个，匆匆而过，卷起一阵尘土；一队接着一队，没有一个人歇息。这样的场面，让我看一个星期也不会觉得累。谢里丹将军站在山坡上的一棵大树下，冷静地抽着一支雪茄，他的外貌和举止让我觉得很亲切。

5月22日。我一直沿着宾夕法尼亚大道和第七大街向北走。整座城里全是军人，松散地分布在各处，各个级别的军官都有。所有人看起来都是饱经风霜的样子。看着这样的景象，我未曾感到厌倦。现在，所有的部队都聚集于此，一群群的，就像蜜蜂一样，他们在等待明天的阅兵。

盛大阅兵

阅兵式持续了两天时间。从宽阔的宾夕法尼亚大道到财政山，从总统官邸到乔治亚城，从桥的一头到桥的另一头，到处都是参加阅兵的部队。多么盛大的场面，全是从前线归来的部队！将士们列着整齐的队伍，横跨街道的两端，他们或是步行或是骑马，步伐轻快地一路前行。他们中有步兵，有骑兵，有炮兵，总人数大概在二十万左右。之后的几天又来了一两个兵团，随后还有谢尔曼的大部队，他们是从查尔斯顿和萨凡纳赶过来的。

“老比尔”

5月26、27日。这两天，华盛顿的大街小巷、公共场所都汇集了大批从伊利诺伊州、印第安纳州、俄亥俄州、密苏里州、爱荷华州等西部各州前来的士兵。我陆续遇见不少士兵，并和他们进行了交谈。通常都是他们先和我打招呼，他们非常喜欢和别人聊天，具有很强的交际能力。这些西部士兵动作缓慢，反应也不是特别敏捷，没什么戒心。他们都是大块头，表情比较严肃，过街的时候会一直看着你。他们宛如俊美的大型动物。战争期间，我不时地遇到第14、第15、第17、第20兵团的人。以往，看到他们我都会感到紧张；如今，我却特别喜欢在拥挤的地方和他们的身体接触。他们全都来自谢尔曼将军的部队，他们总是亲切地称谢尔曼将军为“老比尔”，有时候又称呼他为“比利叔叔”。

“他是最优秀的人！”

5月28日。今天我在医院里守护着一位来自密歇根的病人。看到我在那里，另一位正在康复中的病人从隔壁床起来，走到我身边，和我聊起天来。这是一位中年人，来自弗吉尼亚第2兵团，但他的家却在俄亥俄州的拉辛。在谈到林肯总统时，他说：“战争已经结束，我们失去了很多。现在我们又失去了一位最优秀、最公正、最正直的美国人，他是这个国家出现过的最优秀的人。我曾有段时间不是这么想的，可是在他被刺杀之前，我就改变了自己的看法。”这位士兵非常真诚和坦白。随着谈话的深入，我发现他不仅认识林肯总统本人，而且多年前还和他很相熟。他是一位老骑兵，入伍已有五年，参加过很多次激烈的战斗。

同根相生，背道而驰

>

5月28、29日。今晚我在一位新来的病人床前坐了很久。这是一位来自巴尔的摩的年轻人，19岁左右，是南方军马里兰第2部队的士兵。他非常虚弱，右腿已被截肢，疼得没法睡觉。和往常一样，医护人员给他注射了很多吗啡，但情况并没有改善。这是一位聪明的小伙子，受过良好的教育，很讨人喜欢。他一直抓着我的手，把我的手贴着他的脸，不愿让我离开。我在他身边说着一些安慰的话，想帮他减轻痛苦。这时，他突然对我说："你可能不知道我是谁，我也不想为难你，但我其实来自南方军。"我告诉他我并不知道他是谁,但对我来说这并不重要。我每天都去探望他,两周之后,他还活着。不过,死亡已经离他不远了,他相当孤独。我很喜欢他,总是亲吻他,他也会亲吻我。在隔壁病房,我发现了他的弟弟。这是一位有军衔的北方军军官,一位勇敢虔诚的战士——克里夫顿·普兰蒂斯上校。他来自马里兰州第6步兵团,他在4月2日的匹兹堡的一场战役中受了伤。之后他挣扎了很久,受了很多折磨,于1865年8月20日死于布鲁克林。兄弟俩是在同一场战役中受的伤。一位坚定地支持联邦制,另一位坚定地支持分裂,他们各自为着自己的信仰而战,最后都受了重伤。四年之后,兄弟俩在同一家医院相聚,最后为自己的理想而死去。

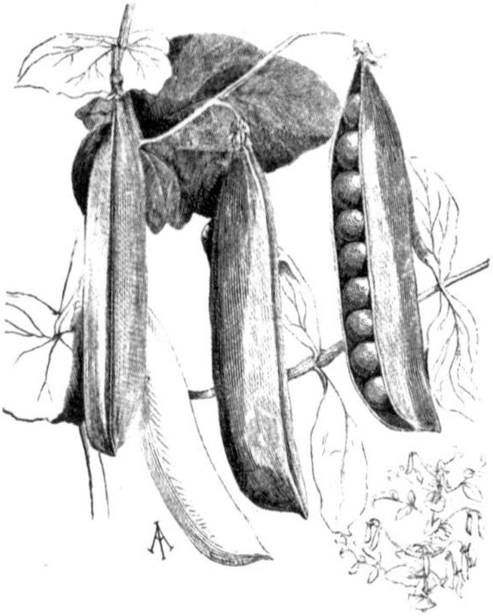

悲伤无以逆流

5月31日。詹姆士·威廉姆斯，21岁，来自弗吉尼亚第3骑兵团。这是一个典型的，关于并发征如何将一个强壮的人折磨得不成人样的例子。他全身虚弱无力，高烧、喉炎、腹泻等病症并发而来。他曾经有着俊朗的外表，而此刻，那黝黑的皮肤因为发烧而变得通红，胸口的肌肉和手臂不停地在抖动，脉搏以正常速度的三倍在跳动。大多数时间他都在睡觉，但只是伴着咕哝声和呻吟声的浅睡——那是一种无法得到休息的睡眠。他是如此有力，如此年轻，但就像昨日和今日酷热难耐的天气一样，他再也承受不住了。他喉咙的情况也很是不妙，舌头和嘴唇已变得十分干燥。当我问他感觉怎么样时，他只能勉强说："我感觉非常糟糕，老人家。"说完便用他明亮的大眼睛看着我。他的父亲是约翰·威廉姆斯，来自俄亥俄州的米兰斯波。

6月9日和10日。今晚我一直坐在一位受伤的老船长的床边，他对我来说是一位特殊的朋友。他的左腿骨折了，疼痛难忍，此刻正躺在医院里一间宽敞的病房里。病房里的人不多，灯也已经熄灭了，但还点着一些蜡烛，就在离我不远的地方。病房外，一轮满月高挂于天际，月光从窗外透了进来，在地上留下长长斜斜的银色斑块。周围的一切都是静止的，我的朋友也一直沉默着，但他无法入眠。我就坐在他身边，慢慢地摇着扇子，陷入沉思中。病房的墙面上是长长的阴影，地板上是诡异的月光。白色的病床上蜷缩着伤病员，天气实在是太热，床单也被丢掉了。最新报告显示，医院近期接收了许多由高温引起的中暑和劳累的病例。高温打前天就开始了，从那时起，第6兵团出现了很多中暑的人。高温引发的疾病已经夺走了很多人的性命。

9月10日，星期天。今天我探访了道格拉斯医院和斯坦顿医院。这两家医院都是人满为患。依然有很多严重的病例，还有些伤势未愈的士兵和一些老病患。很多人脸上的表情不仅仅是随处可见的那种绝望，更是已经毫无希望的样子。我穿梭于各个病房，同往常一样和大家聊天。有些伤员来自南方军，我在其他医院曾经见过，他们都把我认出来了，其中两人已生命垂危。

卡尔霍恩[①]真正的纪念碑

>

今天，我在收治特殊病例的军队病房营帐里照料一位刚被截肢的病人，我听到隔壁床的两位士兵在聊天。其中一位发着高烧，前几天才从查尔斯顿送来，现在已经有所好转。另一位我们都称他为“老兵”，其实他是一位来自康涅狄格州的小伙子，差不多二十五岁，在过去的四年中，他参与遍了全国各地的大大小小的战役。两个人相互聊着。

① 约翰·考德威尔·卡尔霍恩(1782—1850)：十九世纪上半叶美国著名的政治家和思想家，他早期是个联邦主义者，后来转变成地方主义者，反对北方干涉南方事务。他是后来“美利坚合众国”的理论导师，在美国历史上占有重要地位。

发烧的那位士兵提到了约翰·卡尔霍恩的纪念碑，他曾亲眼看到过这座纪念碑，所以说起它来颇为激动。那位老兵说道："我也看过卡尔霍恩的纪念碑，我敢说你看到的那座不是卡尔霍恩真正的纪念碑，我看过的才是。在南方的荒野上，几乎所有17到30岁的年轻人都被毁了或是残废了，所有古老的家族都不复存在了；有钱人变得贫穷，种植园里杂草丛生，奴隶们翻身做了主人，南方人则背上了千古骂名：这才是真正的卡尔霍恩纪念碑。"

逐渐关闭的医院

10月3日。还剩下两家军队医院在运营。我去了最大的一家——道格拉斯医院，在那儿待了一个下午和晚上。有很多不幸的病例，那些身染重疾无药可救的旧伤员中，不乏三四月份里士满战役之前受伤的士兵。很少有人意识到这些最后结束的战役有多么激烈和血腥。我方军队比往常更加放肆暴露，大摇大摆一路前行，而南方军却在绝地反击。双方人马都知道，联邦军已经在里士满成功围堵了南方军，现在整座城市已经被联邦军占领，大局已定。但是双方死伤数量都空前的多。

今天，最后一小批伤员被送到医院。我发现这里有不少是南方叛军的伤员，今天我和其他人一起忙着照料叛军伤员里情况最严重的那些士兵。

1865年的11月和12月。这两个月的每个星期天，我都会去黑尔伍德医院。这家医院地处国会大厦北边两三英里的森林里，一个隐蔽而舒适的地方。这里环境宜人，泥土松软，斜坡上芳草依依，还有一片橡树林，一棵棵橡树又高又大。这里曾是一所大医院的所在地，现在只有四五间病房住着病人，其他病房都是空着的。到了11月的时候，黑尔伍德医院成了最后一家由政府管理的军队医院，其他医院都关闭了。那些受伤严重而无法治愈的伤员，那些得了顽疾而无法康复的病患，以及那些无家可归的可怜人，都被送到了这里。

12月10日，星期天。今天我又在黑尔伍德医院待了大半天。我是在太阳落山的前一个小时写下这些文字的。我从医院里出来，走了几分钟，来到树林边缘，放松一下心情，享受了一会美好的风景和美好的时光。温暖灿烂的阳光一直持续到下午。三百米外的大树上，一群乌鸦在嘎嘎叫着，这是此刻唯一的噪音。四面八方都有小飞虫在游弋飞舞。橡树厚实的叶子散发出浓烈的芬芳。病房里还是一片昏暗和沮丧，死亡不时出现。走进病房，我遇到的第一件事就是死亡——一位可怜的士兵刚刚死于伤寒。护工们将他的四肢摆放直，在他的眼睛上放上铜币，然后把他抬了出去。

说说道路吧。我终于可以好好地休息一下了。在过去的三年里，我走了很多路，每次都是从华盛顿出发，走个五英里、七英里、十英里，然后再返回。我的朋友彼得·道尔通常都会陪着我，他和我一样，也热衷于此。那些美好的月夜，大多是在星期天，我们就走在这平坦坚硬的军用道路上，我们永远都不会忘记那些愉快的步行时光。这些道路连接着华盛顿和城市周围数不清的堡垒要塞，至少在打仗的时候是非常有用的。

哪里需要哪里就出现他们

>

我熟知的士兵，其数量之多，足以构成一本城市地址名录。在前面的文章中，我只提到一小部分。我提到的这些人中，大部分已经死了，少部分还活着。他们中有来自密歇根的鲁宾·法维尔（我们都称他为“小密”），来自纽约185兵团的本顿·威尔逊、威廉·斯坦斯贝里，来自俄亥俄州的曼维尔·文德斯坦、彼士利·史密斯，来自纽约第51兵团的西蒙上尉（他在匹兹堡战役的一次矿井爆炸中身亡）、山姆·普利、福瑞德·麦克瑞迪以及我的哥哥乔治·惠特曼。我的哥哥四年来一直都在部队服务，曾两次延长服役。从中尉到上尉，再到少校和上校，他是一步步被提拔上来的，有几次是打完仗后就获得了提拔。他参加过罗诺克战役、新伯尔尼战役、布尔溪第二次战役、尚蒂伊战役、南山战役、安提塔姆战役、弗雷德里克斯堡战役、维克斯堡战役、杰克逊战役、血腥的莽原之战、斯波特赛尔维尼亚战役以及冷港战役，此后一直在匹兹堡附近作战。在后期的一次战役中他被俘虏了，在叛军的监狱里度过了四五个月。那个地方热病盛行，饥寒交加，我的哥哥几乎半裸着过了一个冬天，最后勉强死里逃生。看看纽约第51兵团的行军历史吧！他们是最早出去的一批，他们到处作战，经历过海上的暴风雨，也走过各个要塞。1862年的夏天，他们日夜兼程，踏遍弗吉尼亚州所有的土地，随后又前往肯塔基州和密西西比州。让我感到欣慰和鼓舞的是，在美国，这样的军队有成百上千，你在镇上或是城里的大街上看不到这些人，但一旦有特殊情况，一旦有需要，很多这样的士兵就会出现。

“骚动”

>

回头看看前面写的日记，我不免有些担心。我已经在日记里尽力呈现那段岁月，但其中的描述有很大一部分让人不安。不过，就这样吧。其实我的表述仅仅展现了事实的一部分。那段让人心烦意乱的岁月，硝烟滚滚，热浪不断，人们比任何时候都更加不安。战争本身也被民众的情绪推动着，如果要用一个词来形容，那就是“骚动”。

心灵的洗礼

这三年，我造访各个医院、军营或是战场不下六百次，探访的伤员和病患数量估计在八千到一万人，我在他们需要的时候，为他们的身体或精神提供了支撑和帮助。有时候是一两个小时，有时候是整个白天或是晚上；有时候遇到关系亲近的人或是在情况紧急之下，我几乎是彻夜看护；有时候我直接带上铺盖，连续几个晚上都住在医院里。这三年，我感到荣幸和满足，当然也是我人生中最为深刻的一段经历。可以说，在服务期间，我对所有人都一视同仁，不管他们是北方军人还是南方军人，只要他们向

我求助，我都竭尽所能，无一轻视。这段经历触动并引发了人类心灵最深处的感情，也使我对国家领土有了更加强烈、更加深刻、更加真实的认识。我照料的伤员和病患有来自新英格兰地区的，有来自纽约、新泽西、宾夕法尼亚的，有来自密歇根、威斯康星、俄亥俄、印第安纳、伊利诺伊以及西部所有州的，基本上来自各个州的人我都遇到过，北方的，南方的，没有缺漏。我还遇到很多从边界州，特别是从马里兰和弗吉尼亚来的人，在1862到1863年这腥风血雨的两年间，我遇到的南方军士兵，特别是来自田纳西州的南方士兵，比我想象的还要多。我们的伤员中间，也躺着不少南方叛军的军官和士兵，我总是一样地帮助他们，尽可能让他们振作起来。那些黑人士兵，无论是受着伤还是生着病，都会偷偷私运一些违禁品，但只要我在他们附近，就会常常和部队的卡车司机一起，尽力帮助他们，他们确实也喜欢我。

英灵散落在荒凉的大地

>

在这场战争中死去的人，他们倒在南部的田野、丛林、村庄、战场，散落在各处。弗吉尼亚半岛地区，莫尔文高地，费尔奥克斯，奇克哈默尼河沿岸，弗雷德里克斯堡梯田，安蒂特姆河大桥，马纳萨斯骇人的峡谷，血腥的莽原之战战场，很多地方都有士兵的尸体。据陆军估计，大约有两万五千名联邦军战士死在了战场上，有的没有被埋葬，还有五千名战士淹死在海里，另有一万五千名战士被陌生人匆匆埋葬在某个不为人知的地方。两千余座坟墓被风沙掩埋，被密西西比洪水淹没，三千余座坟墓随着河岸崩塌而消失。从葛底斯堡到西部、东南部的各个城镇，再到维克斯堡、查特怒加市、彼得斯堡战壕，不计其数的战斗遍布各地的营地、医院，就像收割庄稼一般，收割着伤寒、痢疾、炎症，所有最黑暗、最让人厌恶的疾病都出现了。除了死亡，还有活的“死人墓”。南方的那些监狱，安德森维尔、索尔兹伯里、贝拉岛上的监狱，全是死去的人。即使是但丁笔下的地狱，汇集所有灾难、痛苦和折磨的地方，恐怕都比南方监狱好一些。那些死去的人，无论属于南方军还是属于北方军，都是我们的同胞，都是一条条曾经鲜活的生命。他们有的来自东部，有的来自西部，有的来自大西洋海岸或密西西比河流域。他们在某个地方匍匐前进，然后孤独地死在丛林中，死在沟渠里，死在山的另一边。在那些偏远的地方，偶尔会发现他们的骸骨、头发、纽扣、衣服残片。我们的年轻人，他们曾经多么英俊，曾经给我们带来多少欢乐。他们曾是母亲的好儿子，妻子的好丈夫，朋友的好伙伴。而现在，只剩下一座座坟墓散落在乔治亚州、南北卡罗来纳州、田纳西州等地方，还有很多孤坟散置在丛林中，在道路旁，而那些被战争摧毁的坟墓要数以千计。尸首飘荡在河流之上，有的被捞起来，有的被沉入海底。葛底斯堡战役之后，为了追赶李将军，双方骑兵交战，许多将士的尸体漂浮在波托马克上游。除了上百万被埋葬在全国各地公墓里的将士，更有数不清死去的将士，他们已经融入大地，在大自然的化学作用下蒸发提炼，化作无形的芬芳，滋润着未来的每一株小麦，每一棵玉米，每一朵鲜花，还有我们的每一次呼吸。不仅仅是北方的将士在南方的土地上死亡发酵，更有成千上万的南方将士在北方的大地上粉身碎骨。

躺在这些数不尽的坟堆里，躺在这些埋葬着无数将士的国家公墓中的，是当初在巨大的战壕中激烈拼杀的北方军和南方军的将士们。现在，至少有七十座这样的公墓。在经历如此多惨烈的战役之后，留下的不应该仅仅是这些年损伤的痕迹，更应该是一种希冀，希冀从此以后和平之光可以照耀每一寸土地。我们

看得到，时代也看得到，这些纪念碑、墓碑上记录的是成千上万伟大而又默默无闻的人。

有些公墓里，几乎所有的死者的墓碑都是没有姓名的。比如说北卡罗莱纳州的索尔兹伯里的公墓园，只有85人的墓碑是有姓名的，另有12027人不知其名，还有11700人埋葬在了索尔兹伯里的战壕里，国会在那里竖立了一座国家纪念碑以纪念那个地方。但得是什么样材质的纪念碑才能让人们记起那里曾经发生的一切呢？

从书本里你永远无法了解真实的战争

>

别了，战争。我不知道对于别人来说是怎样，但对我来说，我的主要兴趣是记录军队里的普通战士，不论他们属于南方军还是北方军。那些在医院里甚至是在战场上牺牲的战士，他们都有典型性。两三百万美国北方军南方军的青壮年，在这场战争中，有三分之一或四分之一受了伤或生了病。在我看来，他们的品质特征和人性光辉在这场战争里都得到了展现，而这些，远比这场战争所牵涉到的政治利益更加有意义。一个伟大的民族该如何面对死亡，如何面对病痛？也许正如普鲁塔克[1]笔下描述的英雄人物一般，在危急情况下，总是会绽放人性的光辉。相比刚刚成为历史的事实，我们从远古时代可以得到更加深刻的启迪。

未来的世界永远也不会了解这场战争中出现的无数水深火热的场面和痛苦的内心挣扎。不仅仅是表面上彬彬有礼的将军们，也不仅仅是那几场伟大的战役那么简单。从书本里，你永远无法了解真实的战争是怎样的。在当前各种不明情绪的影响下，那段战火纷飞的岁月和那些特殊事件，都有着被人们完全遗忘的危险。我曾在某个晚上在医院里陪伴一位病人，他只剩下几个小时的生命。每当他提到他那投降的兄弟遭受非人的折磨尸首暴露街头的事情时，我可以看到他的眼里闪着熊熊的怒火。那是发生在上谷的惨案，17名士兵被残忍杀害之后，尸体就留在地上，再没人去触碰。他们的尸体就被放在那儿，也许会有好心的当地百姓将他们埋葬，也许没有，一切听天由命。

这就是战争。它不是舞厅里的四方对舞。人们看到的历史只是外在的，而内在的历史永远都不会被记录下来，那些真实微小的行为和激情，在历史书上甚至连个暗示都没有。1862年到1865年间，北方军和南方军的士兵们，他们是真正的战士，在战场上英勇无畏；他们有着自己的行为习惯，按自己的规矩办事；他们说着自己的语言，有自己独特的品位；他们重视友情，有自己的军阶；他们桀骜不驯，威武有力；他们在数百个月夜里行军露营……但我知道，这些都不会被记载，也许不可以也不应该被记载。

之前的日记也许可以让大家了解到一些有关那段岁月、那段历史的骇人听闻的内在，但是完整的真相永远无法向后人传达。然而，1861年到1865年医院

① 普鲁塔克(Plutarchus，约公元46—120)：罗马帝国时代的希腊作家、哲学家、历史学家，他的作品在文艺复兴时期大受欢迎。

的那段岁月确实是值得记载下来的。医院里出现各种情况：突如其来的袭击，混乱的预言，绝望的时光，外敌入侵的恐惧，可怕的交战，血腥的战争，势力庞大而又令人讨厌的陆军军队，流水般的巨额军费开支……整个美国大地，在过去的三年里陷入了无止境的挣扎，女人们、父母们、孤儿们，全都在哀鸣，而这些悲剧全都聚集在那些军队医院里。有时候，我甚至觉得，整个美国大地，无论南方还是北方，就像一座大医院，其他一切都无关紧要了。医院里发生的事情构成了这场战争中不为人知的故事，它们比那些说出来的或是写出来的寥寥几段歪曲的事实要重要得多，有意义得多。多少关于百姓关于军队的不为人知的故事已经被埋葬在坟墓里，淹没在永恒的黑暗之中！想想看这意味着什么！